Hiç "Çalınamamış" Bir Aşk

EDA AKSAN

Hiç "Çalınamamış" Bir Aşk

Yazan: Eda Aksan
Kapak Tasarımı: Bahadır Zaimoğlu

Baskı: Yıkılmazlar Basım Yay. Prom. ve
Kağıt San. Tic. Ltd. Şti.
Güneşli Evren Mah. Gülbahar Cad. No: 62/C
Güneşli-Bağcılar İSTANBUL
Tel: 0(212) 515 49 47 Sertifika No: 11965

ISBN: 978-605-9958-16-5
Lal Kitap Yayıncılık Film Org. ve
Reklam Hiz. Sanayi ve Tic. Ltd. Şti.
Akasyalı Sok. 11/3 4. Levent/ İstanbul
Sertifika No: 10856
Tel: 0(212) 281 38 38 Faks: 0(212) 270 38 38

Öneri ve eleştirileriniz için:
bizeyazin@lalkitap.com
www.lalkitap.com
facabook.com/lalkitapyayincilik

Hiç "Çalınamamış" Bir Aşk

EDA AKSAN

Önsöz

Ön-söz verdim kendime...
Vazgeçmeyeceğim kalemimin;
Tam bilgisayarı kapatmak üzereyken sabah kuşluğunda,
Eve yetişmenin telaşına boğulmuş bir otobüs egzozunda,
Bir toplantının cep telefonuna kaçamak bakışlarında,
Aşkın tuzağında, tutkunun albenisinde
Sevginin kuş tüyü yastık huzurunda
Dostun omzunda, özümün kahvesinin telvesinde
Ayrılığın tuzunda, ölümün anlamında
Kelebek misali ruhlarınıza değebilme çabasından...

Merhaba...
Uykulardan kaçıp yazılara sığındığım gecelerde,
Dosttan, düşmandan, sevenden, sevmeyenden,
Düşümden, düşüşümden çaldığım;
Yüreğimde sakladığım hazinelerime değecek gözleriniz birazdan,
O yüzden bunca korkum, bunca heyecanım...

Önce; bana ne kadar güç verdiğini söylemeye bir türlü cesaret bulamadığım, gözümün damlasına kıyamayan, şarap gibi güzel, doyumsuz kadına; anneme bana nefes verdiği için, her ihtiyacım olduğunda nefes almamı sağladığı için varlığıyla bugüne dek;

Sonra, "Açıl susam açıl!" deme gücünü göstermemde emeği geçen herkese teşekkür ederim...

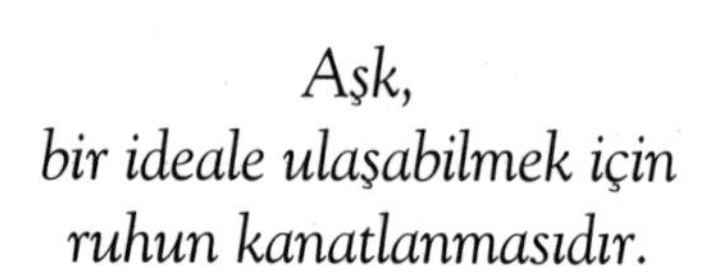

Aşk,
bir ideale ulaşabilmek için
ruhun kanatlanmasıdır.

- Guy de MOUPASSANT

Kurtsuz elma olmaz belki ama
şüpheli bir yürek bir zaman sonra ancak
kendi kurdu olur, yer bitirir kendini...

Elmamdan Kurt Çıktı!

Evet, evet elmamdan, günlerdir çekmecemde yemeğe kıyamadığım o sulu sulu kırmızı elmamın içinden daha ısırmaya kıyamazken, dişimi nereye geçirirsem daha fazla parça koparırım diye ölçümler yaparken, "mutluyken"; bir kurt "Merhaba!", dedi bana gayet umursamazca...

Kurt bana, ben kurda bakıyoruz. Gerçi kurdun gözleri nerdedir, hatta var mıdır yok mudur onu bilmiyorum. Kurbağa falan kesmedik biz şimdiki Amerikan özentisi okullarda yapıldığı gibi. Kurbağa ile kurdun alakası yok ama bizim zamanımızda olsaydı bu sistem, kesin en son kurda kadar iner, bir ömür boyu işimize yaramayacak ve hatırlamayacağımız bilgilere bir yenisi eklenirdi.

Neyse, uzatmayalım, kurdun gözlerini geçtik... Boyutları fazla değil, bu gövdeye elmamdan ancak benim diş kovuğuma girecek kadar götürmüş olabilir! "Mi?" acaba? Ya günlerdir ince ince boşalttıysa içini elmamın? Kala kala posası kaldıysa bana?

Yok, yapmaz benim elmam, benzemez diğer manav reyonundaki arkadaşlarına!

Ama önemli olan, mikrobunu ne kadarlık bir alana dağıttı? Şimdi elma avucumdan büyük, bir de dedim ya, çok değerli. At deseniz, yok, atamam. Git kes o kısmı, öldür kurdu deseniz, bakıp bakıp "Ah, ah sağ köşesi ne güzeldi elmamın!" demez mi insan?

Deli misin kardeşim git manavda kiloyla satıyorlar deseniz de haklısınız ama o elmaların kurtlu olmayacağını nerden bilelim? Bugünlerde öyle temiz, öyle sulu sulu elma bulmak ne kadar zor siz biliyor musunuz? Allah'ın elması işte deyip geçmekle olmaz bu iş! İncelemek, ağacından kalan kokuyu duyumsamak, şöyle bir ovalamak, parlatmak...

Yapmakta yapmak yani...

Hani "sinek küçüktür ama mide bulandırır," derler ya, işte benim kurt da böyle...

Küçük, ufacık, "zararsız" bir yalan benim kurdum. İlişkimin içinden çıktı, ben ona o bana bakıp duruyoruz. Atsam atılmaz bir kurt için canım elma, yesem her ısırıkta hep içimde bir soru işareti;

"Ya bir kurt daha çıkarsa," diye...

Elmaya sorsanız, dili olsa bile konuşmaz eminim, almasaymış o kurdu içine!

Yeni elma...

Ben istemem!

Benim gözüm kendi elmamda!

Kurt bu, gövdesi küçük ama benim sevgim büyük dersiniz, görmezden gelir, hatta kadınsanız eğer, kendi elinizle çeker alır fırlatırsınız; ne gözünüzün ne gönlünüzün görmeyeceği bir uzağa...

Ya da öyle sanırsınız!

Bir kez o ıslak vücudu değdi ya elmama, bir kez "yalan"ın "y"si düştü ya cümleme...

Geri dönüşü yok bunun...

Kurtsuz elma olmaz belki ama şüpheli bir yürek bir zaman sonra ancak kendi kurdu olur, yer bitirir kendini...

Aşk,
bir kez ayaklar altında
çiğnendikten sonra bir daha
doğrulamayacak kadar
nazik bir çiçektir.

- George SAND

Kader diye adını koyduğumuz;
Dibi kör mü aydınlık mı bilinmez bir kuyu.
İçine kıyıp da fırlatıp attığımız aşkımız,
Durmaksızın düşüp dursun.
Belki berrak bir suya değer,
belki bir gün karanlık olur adı, ölür gider.

Giderim Bu Şiirden

Bir kez düştüm ben o hataya! Çok yakardım, çok ağladım çocukluğuma bakan camların önünde. İlk aşk yaramı o küçük evimizin pencere kenarına bıraktım.

Kalbimin ucu düştü camın macununa yapıştı belki. Belki gözyaşlarımdan eridi babamın her kış zar zor yapıştırdığı soğuk geçirmez bantlar...

Tutmadı soğuğu babacım, ilk kez o gün kalbimin deliğinden acı içime işledi. Ama o gün aldım ben dersimi, bir daha isyan etmem Allah'a. Belki de hiç gelmeyecek bir umudun arkasından, bir daha camı çerçeveden ayırmam gözyaşlarımla, varsın hayat beni senden ayırsın.

Kader diye adını koyduğumuz; dibi kör mü aydınlık mı bilinmez bir kuyu. İçine kıyıp da fırlatıp attığımız aşkımız, durmaksızın düşüp dursun. Belki berrak bir suya değer, belki bir gün karanlık olur adı, ölür gider.

Hem artık ne fark eder? Ben büyüdüm... Büyüdüm ve gördüm ki, çekip gitmenin de yeri var, bir aşka sırtını dönmenin de...

Çocukluğuma bakan camlarda değilim belki şimdi. Olgunluğumun terasında bir kadeh şarap tadındayım ve her adımda bir anı daha uzaklaşmaktayım senden.

Nasıl onları unuttuysam, bir buhar misali izi dahi kalmadıysa içimde, Allah'ıma emanet eder, seni de unutur giderim bu şiirden...

Acımadı Ki!

Ben sana hiç gelmedim ki,
Hiç dokunmadım, hiç sokulmadım sana
Kokunu bilmedim, sinmedi elime, boynumun sıcağına
Hiç sevmedim de seni
Gülüşünle gülmedim, hayat komikti zaten
Ve yokluğunun korkusuna ağlamadım, hangimiz vardık ki aslında?
Bilmedim seni, bilgine, fikrine de hiç hürmet etmedim
Güneşti an be an yolumu aydınlatan
Karanlık sokağımdaki gece lambasıydı, sen değildin
Ne biliyordun ki sen, beni tutamadıktan sonra yüreğinde
Seni görmek, sana yakın olmak için dolaşmadım etrafında
Film güzeldi, hikâye komikti, gülüp geçtik işte
Ben hiç takılmadım sana, kalmadım sende
Diş fırçama karışmadı macunun
Düşmedi tek bir saç telim ne omzuna, ne yastığına
O yüzden gidebildim bugün senden
O yüzden acımadı içim hiç
Ben değildim ağlayan
Gözyaşıma kıyamadı bulutlar
Yağmur yağdı üzerime.

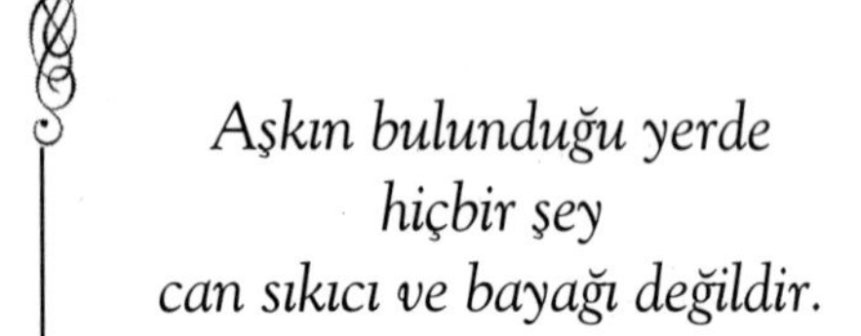

Aşkın bulunduğu yerde
hiçbir şey
can sıkıcı ve bayağı değildir.

- Adam SMITH

Zordur kalbi başka kadında kalmış bir adama âşık olmak...
Çünkü birlikte aldığınızı sandığınız her nefes, her yudum kahve,
boynunun kenarındaki her öpücük hep çalıntıdır.

Hiç "Çalınamamış" Bir Aşk

Hiç başka alışkanlıkların tozunu almak için çabaladınız mı? Bir türlü sonuna varılamamış bir kitabın arasında unutulmuş ayraç gibi sıkıştı mı kalbiniz?

Ben kaldım, çok zor. Hiç tavsiye etmiyorum... İzlerin süpürüldüğü sanılan bir kalpte, bir ruhla burun buruna yaşamak, dip dibe bakan apartmanlar gibi. En renkli perdeleri de assanız cama, tülü çektiğiniz an karşınızda işte koca bir duvar. Her gün bir umudu öldürmeye çalışmak, başkasının aşkıyla yarım kalmış bir adamı sevmek. Çünkü üzerine kürek kürek toprak atıldığını ve sizden çok önce gittiğini sandığınız o ruh; o artık yaşaması mümkün olmayan ve bir o kadar da unutulamamış aşk var ya...

İstediğiniz kadar her yeri temizleyin, geldiğinizi, yeni olduğunuzu belli edin. Dokunun, hikâyeler anlatın kendinize ait, güldürün. Eşyaların yerini değiştirin adamın kalbindeki, sırf o adam, ruhundan içeri adım atınca seni yeni zannetsin diye. Nafile! Kalbi başka aşkta kalmış adamlardan uzak durun özetle...

Adamdır belki, adam gibi adam... İçiniz gider, sohbeti, gülüşü. Duruşu, durduruşu sizi hayatın en köşeden fırlayan anında. En çok da gülüşü koyar galiba. Anladığınız an hiç orada var olamadığınızı aslında, şekeri unutulmuş tatsız acımsı bir çay gibi kalırsınız bir anda. Eksik, içsen içilmez, döksen dökülmez.

Zordur kalbi başka kadında kalmış bir adama âşık olmak... Çünkü birlikte aldığınızı sandığınız her nefes, her yudum kahve, boynunun kenarındaki her öpücük hep çalıntıdır. Siz ne kadar sizin zannetseniz de, gözlerini kapadığı an, bilirsiniz acı acı...

Sevmek ister sizi oysa, çünkü canını yakar arkaya bakmak. Önce kendini kandırır, sonra sizi, bilmeden istemeden kim bilir.

Kanmayın, lay lay lay diye şarkılar söyleyip elinizle ayağınız yer değiştirmişçesine sakar aşıklar cennetinde kalmak isteseniz de kanmayın ve kalmayın... Çünkü bir hayali öper o size bakarak aslında. Sakın âşık olmayın o adama, ben oldum, çok canım yandı... Hiç sahip olamadığım bir kalbe, çok aşk bıraktım, kapıyı çektim, hiç gelmemiş gibi çıktım gittim!

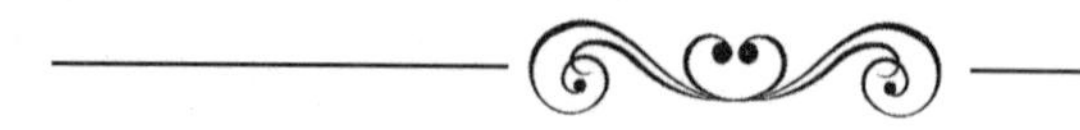

Ben zannettiğiniz şey,
güneşin deniz üzerindeki süzülmesi sadece.
Siz ona aşık olurken,
ben kendimi gün batımlarında öldürüyorum her gün
ve yeniden doğuyorum her sabah güneşle.

İmla Kılavuzu Gibi Hayat

Hayatımın öyle bir noktasındayım ki, imla kılavuzu benim yerime virgül üstüne virgül koyuyor ve ben izliyorum sadece.

Kalbim dolu ama bir o kadar da boş odaları, iki oda bir salon görünümlü kalbim. Şimdi camlar açıldı mı çok serin esiyor içeride.

Umutlarım var hurçlarımda sakladığım, kimse yerini bilmiyor. Çünkü bilen talan etti bugüne kadar. Ne varsa kendine ait sandığı, çekip aldı. Hiç bakmadı asıl sahibi kim diye.

Oysa ben bekledim. Ben sabır eyledim, biri de gerçek sahibine döner, uzatır elini diye...

Şimdi, romanın yeni bir sayfasında, adını hayat koyduğum bir yerde, sil baştan yaptım. Ders aldım, büyüdüm canım yana yana. Öyle güzel bir varlık oldum ki, sevgiden, sevmekten hiç ama hiç vazgeçmedim. Sadece, saklıyorum artık.

Ben zannettiğiniz şey, güneşin deniz üzerindeki süzülmesi sadece. Siz ona aşık olurken, ben kendimi gün batımlarında öldürüyorum her gün ve yeniden doğuyorum her sabah güneşle.

Virgüller asıyorum duvarına ömrümün, kimi alıp, kimi geride bırakacağımı seçiyorum. Acıyorum, acıtıyorum belki de.

Tek bildiğim, gerçeği artık hiç saklamıyorum, saklayamıyorum. Çünkü gördüm ve anladım, kelebek dediğiniz bir günlük ömürlü o can bile daha çok farkında basitliğimizin.

O yüzden buradayım şimdi. Dimdik, satırlarımın başında.
Virgül üstüne virgül, hayatı temize çekiyorum...

Birimiz bedenimize, birimiz yüreğimize hapsolmuş,
aynı soluk borusundan nefes almaya,
aynı mideden beslenmeye çalışan iki ruhtuk sadece...

29. Peron

Beni ben yapan sen değilmişsin,
Bunu şimdi anladım,
Sensiz kalınca bir gün aniden
Kendimle yeniden tanıştım...

Oysa çok uzun zaman olmuştu görmeyeli birbirimizi ve bir peronda karşılaşan ya da aynı anda aynı suya uzanan iki yabancı kadar tuhaftı yüzümüzdeki gülümseme.

Birimiz bedenimize, birimiz yüreğimize hapsolmuş, aynı soluk borusundan nefes almaya, aynı mideden beslenmeye çalışan iki ruhtuk sadece...

Ben, "ben"i seni sevince nereye koydum, nereye kaldırdım, naftalinledim mi bilmiyorum.

Tek bildiğim şimdi parça parça nereye elimi atsam bu hayatta, "ben" dökülüyor tepeme!

Dans etmeyi seven "ben",
"Elbiseler" giymeyi ve gerekirse kim ne der demeden elimde topuklu ayakkabılarımla yalın ayak yürüyebilen "ben"...

Ve aslında hep aynıymış anlatılan hikâyeler. Sadece yedi cücelerin adları farklı. Her hikâyede mutlu periler yok değnekleriyle dolaşan etrafta.
Bir toplama işlemi misali, ki toplamada kalan yoktur aslında, toplanıp toplanıp, senelerce ve çok basamaklı bir sayı elde edeceğini hayal ederken, bir gün geliveriyor ellerinde sadece bir tek "kalan", o da eşittir "bir".

Yani sen.

Rakamların ve hayatın en değerlisi aslında...

Şimdi, hayatımın 29 no'lu peronuna yol alırken kendime yeni bir arkadaş buldum. Biraz beni andırıyor, bana beni hatırlatıyor.

Bir de olgunlaşmış yanlarımı tıkıştırdık bavulumuza.
Ve arkamızda dostlar.
Kim el sallamış kim kalmış diye bakmadan
Gidiyoruz
Bizi biz yapanı bir daha unutmayacağımız yarınlara...

Aspirin

Kolaydır sözler, düşer pıtı pıtı üzerinize.
Gemiler geçer boğazın girdaplı sularından, batmaz.
Seyre dalarsınız kalbinizde bir kıpırtıyla.

Kuşlar bile daha yakındır sanki size
İnsan kalbine değdi mi başka kalp.

Bahar gelir, en çamurlu kış gecesine inat
Beyaz giyilir ve hatta kazaklar rafa kalkar
Üşünmez ki sevgilinin yanında...

Sonra?

Sonra, her hikâyede olduğu gibi,
Gerçekler göstermeye başlar kendini yavaş yavaş.

Hafif bir meltem çıkar önce.
Bir hırkayla geçiştiririm dersiniz kendinize.
Burnunuz akar, genziniz, gözleriniz dolar.
Bir aspirin içer, mikrobu öldürdüm sanırsınız.

Oysa girmiştir o bir kez kanınıza
Ve büyüyecektir orada.

Ta ki birileri hayallerinin altında kalana kadar.
Ta ki verilen sözler, boğazın girdaplarına geri atılana kadar.

Çünkü soğuktur insana yaşadığını hatırlatan aslında.

Gecenin soğuğu,
Bir yatağın soğuğu,
Sizi ısıtan ellerin
Uzansanız dokunacak kadar yakınken
Artık masanın karşı tarafından size uzanmayan soğuğu.

Hepimiz bir hayalin peşindeyiz.
Sevilmek, sevmek güzel şey,
Kalabilene,
Tutabilene,
Dimdik ayakta durabilene farz olsa da...

Sevildiğini zannetmek bile belki de bazen güzel şey,
Bir gün gerçekten sevildiğinizde,
Aradaki farkı görebilin diye!

Her "bugün" diye uyandığım sabah
o kadar karanlıktı ki, umudumu "yarına" attım,
elimde hiç kalmadığını anlayana dek...

Annemin Kekinden Koktu Bahçe...

Ve benim şu an tek ümit edebileceğim şey bu güzel keki pişirenin insaflı bir komşu olması. Hani madem bütün bahçeyi ve apartmanı kokuttun, insan acır da bir dilim getirir dimi komşusuna? Çünkü ben annemin kekinden çok uzaktayım. Büyümeyi, kendi başıma ayakta durmayı annemin kekinden mahrum bırakmakla kendimi karıştırdım belki de şu günlerde...

Al sana bir paket tarihi geçmek üzere olan bisküvi! Madem, anne keki kendi kararlarını verememek, hayata karşı tek ayağının üzerinde dikilir gibi sendeleyip durmak ve tüm bu savaşları verirken kendini unutmak, o zaman anne keki yok artık sana... En azından bir süreliğine... Ve çorbaların tarifleri de ancak akılda kaldığınca, çünkü arayıp sorduğun zaman senin için üzülen bir anne var uzakta... Geri gelmeni isteyen dostlar... Özlemini kendine bile itiraf edemediğin bir adam... Çünkü bırak onları, kendinin bile göremediğin yaralar var yüreğinde, ruhunda ve daha uçağın basıncıyla kanamaya başlamışlardı zaten...

Şimdi hafif kabuk birkaç tanesinin üstü, birkaç tanesi temiz hava ile iyileşmekte... Bazıları var, çok korkuyordum onlardan oysa şimdi yerlerini bulamıyorum, o kadar iyileşmişler ki izleri dahi kalmamış yüreğimde... Bebek poposu derler ya hani, işte öyle yumuşacık üzerleri! Ve bir de daha hiç elimi süremediklerim...

Ama burnumu sızlatmaya yetiyor işte, bir fırın kaçkını kek kokusu... Aramaya cesaret edemediğim o adamı özlüyorum gözümde canlanan bir mutfak anısıyla; dostlarımı merak ediyorum, ailemin içinde bir derin nefes olduğumu bile bile devam ediyorum yoluma. Çünkü beni anlamayacaklar ya da çok az olacak bu anlayış, kimseye yetmeyecek... O anlıyor, yanımda, birkaç güzel insan gibi hayatımdaki... Buradan baktığımda, ki çok daha fazla yıldızın hâkim olduğu gecelerdeyim artık, hayat hiç aynı değil aslında...

Bir insanın kendisine ayna tutması bu...

Hani güneşe çok bakarsınız da başka bir yere gözünüzü çevirdiğinizde karanlık gelir ya bir an için her şey, ya da bulanık... İşte ben kendime baktığımı zannederken ve çok az güneş ışığından öteyi görebilirken, şimdi bir ayna ve bir de ben karşısında, çırılçıplak!

Gözlerim ışıktan yeni yeni kurtuluyor ve ne kadar cesur olduğuma dair inanın benim bile bir fikrim yok! Olmaması da daha iyi bence! Delilik, aslında cesaretimizi hiçbir zaman toplayamacağımızı anladığımız anlarda içimizdeki otomatik pilot belki de! Tabi özünde buna gücü olanlara! Yoksa bir ömür tek bir fotoğraf karesine bile düşmeyecek tatiller, bir kez olsun toplantısı yapılmayacak projeler ve aşkın kenarından köşesinden geçmeyecek "aşk"lar duyarız insanların dilinden...

Hepimiz bir gün Ege'ye kaçacağız... Hepimiz bir gün o çok istediği tekneyi satın alacak, denize açılacak ve aslında yıllarca içimizde tuttuğumuz tüm yaraları, kırıkları ve umutsuzlukları Ege'ye kusacağız!

Peki, Ege razı mı senin olamamışlıklarını içine almaya?
Ben Ege'yi kandırdım, boş anına geldi belki de!

Denize kaçtım, evet! Çünkü yıldızları görebildiğim gecelere teslim etmek istedim günlerimi. Çünkü dostlarımı seviyor olsam da yordular beni, kırılmaz bükülmez demir sandılar, unuttular ömrünün sıcakla biteceğini! Sevdiğim adamı çok kırdım, terazi yok, bir o kılıç salladı, bir ben, sonuçta bizi öldürdük ya da en azından öyle sandık bir süre, bunun bile acısı dayanılmazdı... Her "bugün" diye uyandığım sabah o kadar karanlıktı ki umudumu "yarına" attım, elimde hiç kalmadığını anlayana dek... Bir yabancıya baktığım gibi baktığımı gördüm bana can veren adama. Bir yabancıdan öte olamayacağımızı anladım bir hastanenin kimseyi tanımadığım odasında tek başıma can yanıklarıma bağırırken ve en acısı da aslında kimseyi yanımda istemezken!

Evimi toplamak, koli yapmak, "dur kışlıklara gerek yok bir yağmurluk yeter" konuşmaları arasında o kadar anlamsızdım ki, şimdi görebiliyorum nedenini! Çünkü aslında yanıma alınacak bir tek şey vardı, paketsiz, bavulsuz, o da ben!

Ben, beni aldım, denize getirdim, yıldızlara sürdüm yaralarımı, aynaya tuttum ve hâlâ tutuyorum... Artık en azından bir süredir yarına koşmadan, "bugün güzel bir gün" diyerek uyanıyorum... Sadece işte bazen, kek kokusu yaktı mı genzimi, İstanbul'u, içinde bıraktığım kalpleri özlüyorum... Yaz kışa karışacak daha ve benim genzim çok yanacak kek, börek kokularıyla biliyorum, yolum var çünkü daha, gözlerim ışığa alışacak...

Yaralarımın yerlerini unuttuğum gün döneceğim sana İstanbul.

Nasıl bu kalbi alıp kaçırdıysam elinden denize, belki bir kış günü, belki bahara misafir, söz bu kalbi sana, bakarsın elim onun elinde, bakarsın yalnız bir kalem bir kâğıtla, Boğaz'a bir çay içmeye geri getireceğim...

Gözümün ucuna değdi bakışı,
gözümün ucu aşk oldu, kapanamadan kaldı...

Bir Sigaralık Sadece

O bana baktı, ben ona... Aslında saniye diye beynimize nitelendirilmiş bir an için o beni sardı ben onun ruhundan yaralarını çekip aldım; yerine sabah şu içine ettiğimin dünyasına bende dahi olmayan birkaç uyanma sebebi bıraktım. Gamzesini bana verdi karşılık olarak, aldım çaktırmadan cebime koydum. O kadar yavaş yaktı ki sigarasını, sigara dile gelse "Hadi be kardeşim tüteceğim yeminlen!" derdi! Baktı, baktım!

Yanımızdaki hayatlarımızın sıradan acil çıkış kapıları olarak kullandığımız kadın ve adam huysuzlanmaya başlarken biz sadece baktık birbirimize... Dokunmadık, sevişmedik ve açılmayan telefon ya da ani değişen ruh hali üzerine tek bir tartışma dahi yapamadan kapattık yaşanmamış yaşanmışlığımızı...

Ya da yaşamışlığımız vardı herhalde boyutunu bilemediğim bir gezegende, dedim kendi kendime. Elim titredi çakmağımı alırken, elinin sıcağı hâlâ üzerinde. Döndüm kendi kaçış kapımın anlattığı adını umursamadığım patronun zamsız iş hikâyesine. O son bir kez daha baktı. Gözümün ucuna değdi bakışı, gözümün ucu aşk oldu, kapanamadan kaldı...

Aşkı anlatabilmek,
yeryüzünde var olan dillerden
bambaşka bir dil ister.

- Eugene DELACROISE

Bitme Yaz...

Hep yaz bitimlerine düşüyor korkularım ve üşümelerim. Huysuzluğumun doruklarındayken, hangi el korkmadan uzanabilir ki başımı okşamak için...

Oysa mutsuz değilim. Keyifli geçiyor cırcır böceklerinin ayı. Ama bitiyor işte. Her şey gibi, yaz da bitiyor. Hâlâ kelebekler var ama son demlerinde ömürleri.

Denizin tuzu gözümü yaksa, dondurmam üstüme başıma dökülse de razıyım diyorum.

Gidenlerim oldu, dostlarım geri geldi hiç göç etmemecesine. Şimdi bavullara geri konuyor bikiniler ve en mini etekler. Hırkalar omuzlara düşüyor yavaş yavaş. Hisarda son konserler ve son yıldızlı akşamlar denize vuran Boğaz'da.

Hâlâ Boğaza karşı sarhoş olmadım, elimde yarım şişe şarapla.
Hâlâ kuşlarla paylaşmadım kahvaltımı Bebek'te.
Ve hâlâ kankamı yenmedim 51'de Ortaköy'ün çaydanlığında.

"Hâlâ"larım sığmayacağı için bavula, gitme yaz; alma güneşi benden.
Ya o da sana uyup gitmek isterse bir bavulun içinde?
Hâlâ doyamadım ki ben onu öpmeye, ne olur bitme yaz...

Aşk karşı duruldukça
bütün bütün devleşir,
her türlü engel,
büyümesi için ona bir vesiledir.

- Honore de BALZAC

Elime batan kendi canımdı, kendi kanımdı kanayan kalbimden...

Bir Kadın Ne Zaman Gider?

Ne zaman almıştır eline bavulunu?

Çığlık çığlığa bağırır aslında kadın, "Ben gidiyorum, kırıldım, incindim... Sen ayaklarını uzatırken o koltukta ben altından kalbimin parçalarını süpürdüm. Elime batan kendi canımdı, kendi kanımdı kanayan kalbimden..." der bağıra bağıra hem de! Annesini arayan kedi yavrusu gibi bakar adamın suratına, tek istediği başının okşanması. En sevdiği yemeği yapar adamın, o ise işten gelmiştir, yorgundur, vakti yoktur en ufak sevgi gösterisine, hem her gün göstermek zorundaysa bir tişört de alabilir üzerinde seni seviyorum yazan... Kadın bol bol ona bakabilir, değil mi? Şöyle bir koklar havayı, geçer gider banyoya, öyle ya da böyle yemek pişmiştir işte. Ne bir takdir vardır, ne bir gülümseme... Havada asılı kalan "Bak en sevdiğin yemeği pişirdim," cümlesiyle karşılıklı bakışır kadın, sonra katlar cebine koyar onu, diğer katlanmış kırık cümlelerin yanına...

Bir aşk cümlesi, bir dokunuş bekler, çünkü kendi elindekiler düşmüştür, tükenmiştir. O evin, o kalbin içinde bir yerlere kaçışmıştır ve ne şeker, ne tatlı dille çıkmamaktadırlar inatla yerlerinden. Yalnızdır kadın, belki haklıdır, belki haksız, ne fark eder ki? Belki çok saçmadır derdi. Belki korkmuştur, belki kızmıştır patronuna ya da onu sırtından vuranlara dost sandığı. Bir şey kaybetmiştir, belki adını. Kendine bile itiraf etmek istemediği adı, içinden sökülüp gitmiştir... Umut koy adını, bebek koy, sevgi koy, öznesinden öteye geçmiştir artık... Canı yanmıştır ve yoktur sevdiği adam kitap aralarında, dizi fragmanlarında, en sevilen tencerelerin dibinde ya da yastığın diğer ucunda... Nefesinin sesi vardır, hayalet misali duysa dokunamadığı, hissedemediği!

Peki ya nerededir bu adam? Aslında tam da karşısındadır, insandır, anlar belki ama anlamak istemez. Korkaklığından mı nasıl olsa gitmez inancından mı bilinmez, kaldırıp da kafasını bakmaz adam...

Bir kadın asla sessiz gitmez bir yürekten, bir evden ve bir gün sürmez bu gidiş.

Bir gün başlar elbet ama kimi bir ay alır kimi bir yıl... Kadın acır, kadın kıyamaz, kadın gecenin içinde kulaklarınız istemezse fark etmeyeceğiniz martılar gibi çığlıklar atar yüreğinden, "sev beni, tut beni ne olur, bak düşüyorum!" diye... İstemeyene duyulmaz... Sonra kadın o cebine koyduğu kâğıtlarla, kalp kırıklarını yerleştirir valizine. Yerini unutana, acısının yerini unutana kadar kalır, iyileştirir biraz daha kendini... Artık umurunda değildir sarılması adamın, onu öpüp okşaması, çünkü yara hafiflemiştir, çünkü gitmiştir artık kadın...

Bir gün eve gelir adam ya da o kalp neredeyse oraya; açar, bakar, kimse yoktur, gitmiştir kadın... Nasıl der adam, ama ne zaman? Kadın gözünden son bir yaş düşerken elinde valizi, martıların arasına karışır gecede, erkek koltuğun kenarında bulduğu kalp ucuna bakar, anlar... Anlar çok geç olduğunu ve gecenin son bulduğunu...

Bir Az, İki Yok...

Bugün biraz kırgın, biraz kırık, biraz geçmişte, biraz bugünde, biraz yarında... Biraz üzgün, biraz mutlu, biraz var, biraz yok... Biraz umut, biraz yokluk... Biraz sen, biraz ben, biraz dost, biraz düşman... Bir az, bir çok işte... Bugün bir az, iki yok...

Bugün gittim, eşyamı toplamadan.
Çok ağlayarak belki,
Ama anahtarlarımı teslim etmeden yüreğinin kilidine.
Sözde gittim, gözde kaldım.

Şimdi olduğum yerde hüzünlüyüm
Ve esir bir o kadar.

İstemezdim,
Balonlarımın patlamasını istemediğim gibi,
Ya da dondurmamın bitmesini.
Düşlerim eridi bulaştı aktı ellerimden.

Şimdi kapat ışıkları,
Yarın yeni bir gün doğana dek.

Karanlıkta temizlenirim ben.
Kırgınlıklarımdan arınırım.

Yine gülümserim,
Sadece biraz daha az,
Sadece biraz daha eksik
Yine yaz gelir,
Yine düşe düşerim.

Bir gün önce, sakın, dedi bana, uçurumlardan korkma,
çünkü sen özgür bir ruhsun. Ve uçurum diye görünen insanoğluna,
çoğu zaman kendi domino taşları, elleriyle dizdiği şu hayatta.

Biliyordum...

Daha en başından bir şeylerin tersliğini, kaosun içine çekileceğimi biliyordum. Müneccim b... yemişsin derdi arkadaşlarım, herhalde kâseyle. Çünkü durup dururken hayatları, aşkları ya da gelecekleriyle ilgili kehanetlerde bulunabilirdim. Ve günlerce susmazdı telefonlarım kehanetlerim gerçekle buluştuğunda yenilerini isteyenlerin bitmek bilmeyen dil dökmeleriyle. Oysa hayatın kendisinin olmayacağı gibi planlı ya da programlı bir şey değildi bu, ansızın gelirdi ve giderdi. Bir tek kendime hayrım yoktu. Belki de vardı, içimi tırmalayan o duyguyu çok iyi bilirdim, ona sırtımı dönüp gözümü kapatıp burnumun ve kalbimin dikine gitmeyi de! Acı manyağı olmadım hiç, onlar gelip beni buldu sadece!

İşte bu yüzden biliyordum onu kendi ellerimle hayatıma çağırdığımı. Aşk değildi aradığım, kalbimi çok gereksiz insanlara açmıştım zaten sıkça. Karşımdaki ruh beni anlasın istiyordum, baktığım zaman koyu mavi bir gökyüzüne, hangi yıldızı tuttuğumu bilemese de, cümlemin maviliklerini yakalasın diyordum hep... Ve özgür olmalıydı, kendi özgür olmalıydı ki benim özgür ruhuma adını aşk koyup, sevgi koyup ucuna alışkanlık sürüp tek bir okla öldürmesin...

Aptal bir internet bağlantısıyla tanıştım ben onunla. "Hayattaysan yaşamalısın" demişti. Ardı ardına birbirine atılan cümleler, takılmalar bizi saatlerce süren msn konuşmalarına sürüklemişti. İkimiz de sevmiyorduk oysa ki bilgisayarın mahkûmu olmayı.

Daha dört beş gün olmuştu belki de henüz. Bodrum dedik, tatil dedik konuşmaların birinde. Beraber gidip en keşfedilmemiş koyu bulmaya ne dersin dedi. Biletlerimizi alıyorum diye karşılık verdim.

Şaka yapmıyorduk, ikimiz de ne kadar ciddi olduğumuzu bilecek kadar büyük, çılgınlık yapabilecek kadar çocuk, anlamsız sevişmelerden yorgun, aşktan öte bir yerlerde kayıptık. Ve biliyorduk ki ikimiz de yalan söylemiyorduk.

Gidelim, dedi.
Gidelim, dedim.

Galiba buldum, dedim.
Sonunda buldum, dedi.

Tatille başlayan konuşma, akşamına, ertesi gün için kahve sözüne dönüşmüştü. Dalga geçtiğim insanlardan farkım yoktu. Daha yüzünü görmediğim, her ne kadar kurduğu cümlelerin altını fazlasıyla doldurabilen bir insan olsa da tanımadığım bir adamı beğeniyordum. Beynimin içine girmeye çalışmıştı çünkü. Boyum posum umurunda değildi, bir gecelik maceraların kutusunu fazlasıyla doldurmuş, yorulmuştu. Her şey açıktı, cesaretin varsa tabii. Aynada kendinle nasıl konuşuyorsan, benimle de öyle konuşabilirsin demişti. Belki de ilk o an kalbimin içine düştü.

Buluştuk.

Yazın sıcak olmaktan çok kavurma görevi gördüğü bir temmuz günü, restoranın en serin ama farkında olmadan en köşe ucuna oturdum ondan beş dakika önce gelip. Biliyordum, sanki yüzünü gördüğüm, eline dokunduğum an, tedirgin, içten bir selamlaşma anında, köşeye sıkışıp kalacaktım.

Hepimizin dudaklarına düşer bir kez bu cümle... "Sanki yıllardır tanıyor gibiydik birbirimizi".

Zaman kavramı bizim içimizden geçmemişti, bizdik onun içinden akıp giden. Her şey doğaldı, her şey olması gerektiği gibiydi. Çok yakışıklı bulmuyordu kendini, oysa gülümsediği zaman gözlerinin aldığı şekil en yakışıklı geçineni bile geride bırakırdı benim için. Ve çok gülmüştük o gün. Tuza, karabibere, bir anda anlamsızca çıkan rüzgârdan tepemize düşen ağaç dalına, kendimize, çok gülmüştük. Elime dokundu bir an, yumuşacık.

Gerçeksin, dedi. Bir konu diğerini yakalayamadı, asla. O kadar çok konuşulacak şey vardı ki ve o kadar az zaman. O an vardı sadece elimizde, dibine kadar vurmalıydık. Yarın, belli değildi ama umudumuz vardı yine de, güzel yapacaktık onu.

Nasıl olacak, dedi bana.

Öyle bir soruydu ki bu, içinde onlarca sayfalık sorular gizli.

Nasıl görüşeceğiz? Nasıl seni özlemeden geçirebileceğim artık günlerimi? Bunca imkânsızlığın içinde nasıl biz olabileceğiz?

Güzel olacak, dedim. Soruların hepsinin tek tek beynimin içinde olduğunu ikimiz de biliyorduk, çok güzel olacak dedim.

Gözlerin ne kadar güzel biliyor musun, dedi.
Komik.

Çok ilişkim oldu, çok şey yaşadım. Güzel olduğum söylenir, fiziğim, duruşum hep ilgi odağıydı. Ama kimse bugüne dek gözlerime değinmemişti. Ve biliyordum iltifat için söylenmemişti bu cümle.

Ayrılma zamanı geldiğinde artık ikimiz de biliyorduk, başlamıştı her şey. Kontrol gitmişti bizden. O yüzden dudaklarıma değdiğinde dudakları hafifçe ve mahcup bir çocuk gibi başını önüne eğip affet beni dediğinde, "Affedilmesi gereken bir şey yaparsan bir gün, hakkını saklı tutacağım söz," dedim ona. Eğer hakkını kullanabileceğini sanıyorsa bu gidişle, yok, olmaz, affetmiyorum onu...

O an biliyordum, tenin tene varması değildi bizimkisi. İki yetişkin insanın sevişme arzusu da değil basitçe. Beynimin içine girmişti. Beyinlerimizin bekâretini bozduk biz seninle demiştik asıl, ondan daha değerli ne var, bunca kalp taşıyan beden birbirinin içine girip oraya dokunamazken.

Bir sonraki gün, bir sonraki gece... İletişimin tüm cihazları bize çalışmaya başladı. Yetmedi ne cep telefonu pilleri ne de şarj cihazları diz üstü bilgisayarların. Oysa sadece bir iki kez daha buluşabilmiştik henüz. Ama başlamıştı ya her şey, üzerine tek kelime kurmaya gerek duymadan. Hayatımda en büyük şansım saydığım can dostlarımın dahi bilmediği sırlarımı paylaştım onunla. Çünkü beynimin her kapısını yokluyor, daha cevabını almadan içeri girebiliyordu. Bir o kadar zarif, bir o kadar güvenli, etrafa zarar vermeden. Bakıyor ve dinliyordu. En uçuk fikrimden en ürkek iç sesime kadar hepsine dokunuyordu. Ve önümde sonsuz bir hazine gibi sunmuştu kendi yüreğini ve beynini. Sınır yok, dur yok, al beni demişti. Eğer sen benim hayallerimdeki insansan, sürprizimsen sen benim; benim ol ve al beni.

Bana bir kişi çevirin Taksim'in ortasından... Kadın ya da erkek fark etmiyor ve sorun bakalım kim istemez en gizli hayalindeki sevgiliyle tanışmayı? Ruh ve beden bulmuş haline bakmayı, onu kalbine, beynine, teninin içine almayı?

Ben de istedim, çok istedim yanlış seçimler yaptıkça yüreğime. Ufacık bir ışığın arkasından giderken bilemedim bunun pili bitmekte olan bir el fenerinden fazla olmadığını. Oysa benim denizi aydınlatan fenerlere ihtiyacım vardı. Karanlıkta falan olduğumdan değil. Gayet aydınlık hayatım ve kalbim. Sadece ışığımın gücünü kısmıştım, hak etmiyordu çünkü kimse... Denizi, göğü, Ay'ı bile kıskandıracak kadar aydınlıktım ben...

Kimse bilsin istemedim onu, bana özeldi. Dostlarım yüzümdeki gülümsemeye, telefonun çalmasıyla karışan el ve ayağıma bakıp hoş geldi yeni sevgili derken, ben inatla sevgilim değil o benim dedim. Şimdi düşünüyorum da altıncı hissim miydi bunu söyletmeyen aslında, yoksa her şey başlayıp bitmek üzereyken bir ad bile koymaya korkmak mı? Hem ad koysak ne olurdu? Sevgili, ilişki, hangisi bizi anlatabilirdi adabıyla? Hiç biri...

Her şey olmuştuk takvime bakarak yaşayanların gözünde çok anlamsız bir zamanda. Ve bir o kadar da hiçbir şey. Hiçlikle çokluk arasında kendimize bir yer bulup sığınmıştık.

Biliyordum.
Çok acı çekeceğimi biliyordum.
Geldiği gibi ansızın sorgusuz sualsiz çekip gideceğini biliyordum.

Durmadım, onu son ana kadar yaşamak istedim sadece...

Hayat ikimizin de eteğinden paçasından deli gibi çekiyordu zaten. İş en büyük hırsızımızdı bizi bizden çalan. Yaşadık, konuştuk, güldük, seviştik. Daha sadece birkaç kez öptüğüm adamın en doğal haliydi benim için çıplaklığı. Ben ruhumu soymuştum onun gözlerinin içine baka baka, vücudum neydi ki?

Âşık olmuş, çok sevmiş bir insan olarak aklıma gelmezdi bir gün dudaklarımdan böyle bir şey çıkacağı. Hiç yaşamamışım... Hiç sevişmemişim... Ve anlamlarımı yerle bir ederek yapmadı bunu. Onlara saygıyla, güzellikle bakarken başka bir boyut açtı ruhuma, besledi ama hiç tam olarak doyurmadı, doyuramazdı da belki de.

Biliyordum.

Bir yerlerde onu başka birine ait kılan, sıfatsız bir imza, bir kelepçe olduğunu ruhunda, biliyordum. Hiç konuşmadan. Çünkü ancak esareti yaşamış bir insan bilebilirdi özgürlüğün değerini. Yüzüne elimi koyduğumda o ana kadar kahkahalar atan adam bir anda gözlerini kapatır, sadece avucumun sıcağında dinlenirdi. Göğsüme yattığında bedeninden yayılan huzuru dalga dalga görürdü gözlerim...

Konuşmaya gerek yoktu, biliyordum. Bildiğimi biliyordu. Hikâyenin öznesi yüklemi çok karışıktı farkındaydım, klasiklerden seçme değildi ama gözleri uzaklara daldığında hep çıkmaz bir sokağın köşesine sıkışmışçasına bakardı bana.

Bir gün önce, sakın, dedi bana, uçurumlardan korkma, çünkü sen özgür bir ruhsun. Ve uçurum diye görünen insanoğluna, çoğu zaman kendi domino taşları, elleriyle dizdiği şu hayatta. Vur tekmeyi devir gitsin ve kanatlan gökyüzüne...

Derin bir nefes çekmiştim boynundan, ödül olarak cümlesine.

Uzun uzun dudaklarımı dudaklarına bıraktım. Almasaydı keşke hiç, hep o anda donup kalsaydık.

İletişim ötesi bizi bize yaklaştıran telefon bütün bir gece karar değiştirmiş ulaşılmaz olmuştu. Eski ben olsa korkar, paranoyanın doruklarında dolanır, sigaralarımı yerdim. Birkaç aramadan sonra hiçbir şey yapmadım. En yakın arkadaşımı kandırıp dışarı attım kendimi. Yalan değil, arada gitti elim telefona, aramadım, sadece bekledim. Kahkahalar attım, güldüm, eğlendim ama düşünmedim. Düşünmekle bitmeyecekti çünkü.

Öğleye kadar bekledi kader, biraz kendime geleyim, ayılayım diye belki de. Kahvemi içtim, işlerime koşturdum. Sonra tamam dedim, hadi aç perdeni. Çok geçmedi telefonumun çalması için. Tanımadığım bir numaraydı. Normalde yabancı numaralara cevap vermeyen ben, açtım.

Biliyordum çünkü.

Ağlamaklı bir kadın sesi, burnunu çekiyordu telefonda.

A...'la görüşebilir miyim?

D: Benim buyurun.

A: Ben... ....'nın eşiyim, yani eski eşiyim.

D: ...

A: Size benden bahsetti mi?

D: Hayır, ama...

A: Bakın ben ne diyeceğimi bilemiyorum.

D: Gitti değil mi?

A: Efendim?

D: O gitti, değil mi?

A: Allah'ım... İzin verin anlatayım. Biz... O... biz geçen sene gizlice boşandık. Babasının hastalığından dolayı gizledik boşandığımızı. Zaten hiç karı koca gibi olmadık. Ailelerin zorladığı bir evlilik bizi iki kardeşe dönüştürmüştü bir sene geçmeden. Aşk yoktu, geçmişten gelen bir dostluğumuz vardı zaten. Söyleyemedi babasına. Bir yıl dedi doktorlar, son bir yılıydı babasının ve gelinine düşkün kanserli bir adama bunu yapamadık. Bizi mutlu hayalindeki gibi bir aile olarak görmesini tercih ettik. İkimiz de kendimize ait sessiz bir hayat sürdük... Ama saygıyı hiç yitirmedik. Alıştık belki de böyle yaşamaya. Aynı evdeki iki arkadaş gibi. Ama o çok boğuluyordu artık.

D: Biliyorum.

A: Sizinle nefes aldı sanki. Yüzü aydınlandı adeta.

D: Bana öyle bir ışık verdi ki.

A: İlk defa, buluştuğunuz ilk gün, söyleyeceğim artık dedi biliyor musun? Buldum, dedi. Gerçek, dedi. Onu istiyorum dedi. O da beni, gözlerinde gördüm, huzurumu buldum ben, dedi. Bozulmuştum biraz ama sevindim yine de, ben de yorulmuştum bu kandırmacadan. Aileme söyleyeceğim ve onu da alıp yeni bir hayat kuracağım kendime demişti, şaşırmıştım, daha birkaç gündür tanıdığın bir insan nasıl peşinden gelir demiştim hatta!

Hayalcilikle bile suçlamıştım onu!

D: Giderdim, nereye olursa olsun giderdim.

A: ...

D: Çok acı çekmedi değil mi?

A: Dün gece... nasıl olduğunu hâlâ anlamadık. Ben bir toplantıdaydım ve sizi üzmek istemiyorum ama o da size sürpriz yapacağını söylemişti. Sanırım size gelirken arabanın kontrolünü kaybetmiş ve... Kaza anında kaybettik... Cenazesi bugün, ikindide.

D: Dün neredeyse hiç konuşmamıştık, ben... Kötü bir şey olduğunu biliyordum.

A: Haklıymış.

D: Hangi konuda?

A: Siz farklısınız. O belki de ruh eşini bulmuş gerçekten. Ben ne diyeceğimi bilemiyorum başka. Telefonlardan birini evde bırakmış, oradaki çağrılarınızı gördüğüm için aradım, çok üzgünüm.

D: Ben değilim.

A: Nasıl?

D: Ben üzülemiyorum, üzülemeyeceğim de. Çünkü bugüne kadar bildiğim üzgünlükleri yıktı o. Tüm anlamlarıma yaptığı gibi. Bir tek ona saygı duymadı, elinde olsa duyardı belki. Böyle bir acıyı bilirsem, tanırsam, kalır benimle. Gelemem de oraya. Daha hoş geldin bile demedim ki ben, ona veda edemem.

A: Çok üzgünüm, ne zaman isterseniz beni arayabilirsiniz...

D: Teşekkür ederim.

A: Şey, bir şey daha var... Arabada bir hediye kutusu vardı, benim için olmadığını biliyorum. Kutu dağılmış bir haldeydi, açmak zorunda kaldım.

D: ...

A: İki kanatlı melekli zümrüt bir kolye ucu, bir de not var, ah Allah'ım ben nasıl bunları konuşabilecek gücü bulabiliyorum.

D: Ondan kalan güzellikten güç alıyorsunuz...

A: Ben sizi ararken çok karışıktı kafam, size destek olmalıyım diye bile düşündüm, biliyorum tuhaf ama içimden gelen buydu... Oysa siz ilaç oldunuz bana. "Hiç vazgeçme uçmaktan" gibi bir şey yazıyor kartta.

D: Bir gün alırım sizden.

A: Bir gün mü?

D: Bir gün... Bir kahve fincana dalıp onu konuşacağımız bir gün belki. Çünkü ben artık özgürüm, kanatlarım o ve hiç vazgeçmeyeceğim uçmaktan zaten...

SON

En iyi bildiğiniz şeyi çarpım tablosu varsaysak,
iki ile dört bile çarpışamaz kalp çarparken en basitinden...

Aşk'a...

Aşk öyle bir şeydir ki, son dakikada sigara almak için girdiğiniz bir dükkâna saklanabilir. Adımlarınızın geri geri gittiği bir toplantıda, notların içinden göz kırpar size. "Başını kaldır ve bak," der adeta.

Bak ve gör.
Gör ve düş içime.
En derinime hem de...

Ne zaman, ne yer, ne mekânı bilinebilir onun. Ne başlangıcı, ne de sonu... Geldi mi çarpar. Üzerinize bir buz kütlesinin ağırlığıyla düşer hem de. Aklınızı alır, sakarlaşırsınız. En iyi bildiğiniz şeyi çarpım tablosu varsaysak, iki ile dört bile çarpışamaz kalp çarparken en basitinden...

Bir yerleriniz sızlar. Siz yerini bulmak, bildiğiniz ilaçları sürüp geçsin gitsin istedikçe adını koyamadığınız sızınızın, o daha çok kaybolur hem de en tanıdık bildik bedende. Kendi içinizde...

Neşe verir bir o kadar da. Çocuklar gibi derler ya hani. En ciddi insan, ruhunu lunaparkta bulabilir.

En güzel kadındır aşk
Ve en çekici adam...

En dokunulası tendir aşk. En derine çekilecek ten kokusu, bazı gecelerde. Ve en parlak ışık, tek bir mum titremesinde. Uyku alır, uyku getirir, huzur varsa tek bir dudak izinde.

Sonra...

Sonra bir gün aklına esiverir, çeker gider. Kal diyemezsiniz. Aslında hiç gelmemiştim bile der karşınıza geçip. Üzülemezsiniz.

Bir yumru olur o ilk günlerde sizi aydınlatan bulut. Artık gridir rengi. Gidemezsiniz, kaldığınız ya da kaldığınızı zannettiğiniz yola.

Ve dinlediğiniz tek bir keman sesi, tekrar tekrar çalınmaktan yorgun düşerken bile.

Siz bir düşten düştüğünüzü anlamaz, hâlâ beklersiniz...

Bir şeyler kırılmıştır içinizde,
hani taşları tek tek ama yavaş yavaş düşen Haydarpaşa Garı gibi
dalıp gidersiniz denize, gözleriniz deniz kadar yaşlı...

Bitme-yen Son-Bahar

Kalbinizin parça parça içinizden aktığını hissettiniz mi hiç? Hani dur deseniz hatta bağırsanız bile sizi duymayacak kulakları olmayan bir şeydir o, akar gider içimizden... Şiirler dökülür dudaklarımızdan geceye, sokaklara, şehre, penceremizin kenarından akar gider acımız. Sonra pencereyi kapar hiçbir şey olmamış, kimse gitmemiş, kimse kırılmamış gibi gider ya bulaşık yıkar ya da kumanda elimizde zap yaparız...

Kimsenin anlayamadığı; otobüs biletini uzatırken sıcak bir gülümseme, saati ya da adresi soran temiz bir yüz gördüğünüzde sarılıp ağlamak ağlamak ve sadece ağlamak istemenize neden olan bir acıdır o... Ne kitaplar kurtarabilir sizi, ne de gazetelerin en köşe yazıları...

O da kurtaramaz artık sizi, bu on ikiyi geçmiş saatten sonra, çünkü o artık aramaz olmuştur, ya da aramaları yetmez... Bir şeyler kırılmıştır içinizde, hani taşları tek tek ama yavaş yavaş düşen Haydarpaşa Garı gibi dalıp gidersiniz denize, gözleriniz deniz kadar yaşlı... İkiye ayrılır yavaşça yüreğiniz ve beyniniz, bir taraf onu tutar bir taraf sizi, siz bir yaprak gibi savrulur durursunuz. Oysa ki ikisi de bilmez aslında sizin çok ömürlü olmayan bir kar tanesi olduğunuzu... Yere düşmenize, eriyip gitmenize belki de ramak kaldığını. "Tam düşecekken bir üflerim nasıl olsa yaprağa, asla düşemez böylece," der, yine kendinizi kandırırsınız...

Hayat da sıkıcıdır, hatta üzer sizi daha yeni barışmış olmanıza rağmen. Yine kapıları hızlı kapatır suratınıza siz daha sevimli bir günaydınla mahmur bakarken yüzüne, anlayamazsınız neye kızmıştır yine hayat. Ve anlayamazsınız neden tüm sevdikleriniz sizi aç bırakır inatla.

Eski günleri özlersiniz, en sıkıldığınız, en uyuduğunuz an bile size öyle güzel gelir ki adı geçmiş olduğu zaman. Sonra daha da kötüsünü yapar, elinize resimleri alır veya üst dudağınızı ısırır ya da ellerinizi sıkar ve sonra koyverip ağlayarak "neden" dersiniz acıyla?

Yani kendinize acımanın ve gözyaşlarına önce sigara dumanını sonra her şeyi bahane etmek için elinizden geleni yaparsınız. İşin en acı tarafı nedir aslında biliyor musunuz, içinizde bir şey bilir yine de, o odaya girilemez, sanki orada bir umut, bir mutluluk ışığı hep yanar, ama böyle karanlık oldu mu ev, hiçbir oda yetmez içinizi aydınlatmaya...

Belki doğrusu budur, hep bir şeyler eksilir hayattan yaşlar ve yıllar artarken, bazen dostluklar, bazen aşklar ve hatta sevgiler. Ben bilemiyorum, kötümser ve karamsar bir gecemdeyim ve iletişim ötesi telefonum benden daha sessiz... Düşünülmediğimden mi, sevilmediğimden mi artık eskisi gibi?

Hayır, ama neden o zaman şimdi bu kadar yalnız hissediyorum, neden içimde birileri düşen yaprakları üflemekten nefessiz kalmak üzere neredeyse? Peki ya sen, sen neredesin bu bitmeyen sonbaharda?

Bedava dağıtılıyor sanki ayrılıklar, bir alana bir bedava.

Fener...

Bazen, o kadar kolay ki kırılmaz sanan kapıları aşmak.

Denizler ikiye ancak efsanelerde mi bölünür sanki?
Peki, kalbimin ortasına inen kılıcın sahibi kim o halde?
Ve neden bu kadar indirimde kırıcı sözler?

Bedava dağıtılıyor sanki ayrılıklar, bir alana bir bedava.
Bir sessizliğe bir küslük hediye.

Ve ben sadece seni istiyorum.
Üzgün olmayan seni
Sessiz olmayan seni
Üzmediğim seni
Beni seven seni.

Umurumda değil şehir efsaneleri,
Kayıp aşkların indirimleri, ayrılık kampanyaları.

Yatağımda kokun yoktu bu sabah
Onu bile çok görmüş tenin yastığıma.

Şakalaşırken alt alta üst üste küçücük kalan yatak
Şimdi denizler kadar engin gözümde.
Sen bir ucunda kıyının
Ben diğerinde.

Ortamızda bizi aydınlatan bir fenerimiz bile yok
Ve böyle olmamalı bizim satırlarımız hikâyemizde.

Üzgünüm,
Seni üzdüğüm için.
Üzgünüm,
Beni kırdığın için.

Boğulmaktan çok korkuyorum
Aramızdaki denizde.

Bir ışık ol, ne olur bana
Kaybolmama izin verme...

Ayakkabı bölümü boş,
yan ceplerde bir iki kitap var belki yazarı ben...
Ama hâlâ yer var yeni kitaplar yazmak için...

Hoş Geldin Otuz...

Kimler geldi kimler geçti...

Kimler sıkıştı kaldı bir yerde adı hatırlanır hâlâ ince bir sızıyla, kimi demir attı kalbime, hayatımın bir köşesi oluverdi... Kimileri var, ben zorla silkeledim eteklerimden... Şimdi sadece adları resimlerde birer anı, ancak baktıkça hatırlanan... Resimlerde kalmış birçok insan, adları hâlâ ezberimde, yüzleri silinmekte ve zamanla silinecek olan... Yüreğime dokunmuş, yüreğime yuva yaparken düşmüş ve yüreğimi sıkı sıkı kapatıp kendimi koruduğum insanlar... Hayatlar, düşler, düşüşler, çıkışlar, tatlı rakı sofralarında meze olan sevgiler, ümitler...

Hepsi sığdı, daha da alır bu bavul... Daha yarısını bile doldurmadım çünkü...

Ayakkabı bölümü boş, yan ceplerde bir iki kitap var belki yazarı ben... Ama hâlâ yer var yeni kitaplar yazmak için... Şimdi, bavulumun 30. bölmesine geçiyorum, arkama bakmadan geçmeliyim ama ben bu gece bir kadeh şarap, daha doğrusu yarım şişe şarabı döküyorum bavulumun içine... Islansınlar, çeksinler, yer kaplamasınlar, bazıları çabuk unutulsunlar diye... Bu gece, gözümün kenarında bir türlü düşüremediğim bir yaşım var... Dostlarım, sevdiğim insanlar, hepsi ya da bir kısmı hâlâ hayatımda ve sevenim çok biliyorum... Ama ben bu gece, daha doğrusu bugünlerde kendimi biraz yalnız hissediyorum...

Hayat beni yeni bir yaşa taşırken geride bıraktıklarımı hatırlatıyor zaman bana, canımı sızlatıyor biraz... Mutsuzluğumdan değil, çok mutluyum aksine... "Senin gibi olmak ister çoğu insan, 30'a girerken hele," dedi bir dost bugün... Biliyorum... Hayatımın en güzel basamağına ayağımı uzattım bu gece, birkaç dakika sonra orada olacağım... Kalbim boş, bavulum yarısına kadar bile dolmadan, bir sürü aşk kenarından köşesinden taşan... Bildiğiniz aşklardan değil sadece, insan aşkı, dost aşkı, hayat aşkı taşan...

Hoş geldin otuz...

Sana gelirken kendimi büyüttüm, canım yandı, zor oldu ama öğrendim, inandım en çok kendime, kendi kendimi büyüttüm... Kalbimi temize çektim, pırıl pırıl bembeyaz bir sayfa gibi açtım senin için, inancıma, kendime sahip çıkmayı öğrendim, ailemi, dostlarımı ne kadar çok sevdiğimi bir de... Bir de yalnız kalmayı sevmediğimi aslında...

O yüzden 30'cum, gel seninle bir anlaşma yapalım, sen bana aynı dersleri sakın tekrarlatma, ben seni hoş tutayım...

Mumları üflerken, geçen sene olduğu gibi, seni de kandırayım, beni mutlu et yeni yaş diyeyim, gel anlaşalım...

Kısacası; hoş geldin otuz diyelim, geçelim...

Karda yürümek gibi artık bana aşklar, iz bırakmıyor...

Karda Yürümek

Biliyor musun? Hiçbir şey canımı acıtmıyor.

Biraz önce yolcu ettim galiba birini, yüreğimin kapı önünden. Zaten ancak oraya kadar gelebiliyorlar senden sonra. Daha sarayı görmeden, parlaklığından gözleri kamaşan insancıklar diyorum onlara. Benim onları sevdiğimi sanıyorlar. Hatta âşık olduğumu. Bir damla düşüyor en fazla gözümün kenarından, silmeye bile tenezzül etmediğim.

Devam ediyorum.

Bir tek geçenlerde hani, bir umuttan vazgeçtim, bir dostum vardı yanımda. Bir de beni aslında çok seven ama yetmeyen bir yürek. Salıverdim boşluğa, tutmadım elinden. Bizim değildi çünkü umut, biz değildik adı. Hiç de olmayacaktı.

Artık acımıyor canım.

Acılı yiyemeyen ben, dün gece tepeme inecek yağmuru hissedip biberleri attım birer birer ağzıma. Yakmadı...

Üşümüyor musun diyor bazen kışı andıran bahar vakti birileri.
Üşümek ne diyorum ben de onlara.

Aşıksın sen diyor bir başkası, gülüp geçiyorum.
Üzüleceksin, yapma, atma kendini ateşe.

Bile bile ladeslerde kırılan kemikler
Ancak senin canını yakar diyor bir dost.

Bir dost kızıyor, gelme ağlarsan diyor
O tenezzülsüz gözyaşımda yanıma koşan ilk o oluyor.

Beni üzene düşmanım çok şimdi. İyi ki geç tanımışım onları.
Sana ömür biçmezlerdi çünkü, biliyorum.

Bilmedikleri...

Kimse,
Hiçbir ayrılık,
Hiçbir çarşafa sinen başka ten kokusunun yalanı,
Hiçbir ölüm,
Seni kendi ellerimle öldürüşüm kadar acıtmıyor.

Karda yürümek gibi artık bana aşklar, iz bırakmıyor...

Kaktüslerimin sana, bize ne kadar benzediğini anladım dün gece...
Ellerimi uzattım sevip okşamak için, elimi kanattılar;
tıpkı senin yüreğimi kanattığın gibi.

Kaktüs

Bu gece bu evdeki son gecem...

Ve hiçbir koliye sığmadı izlerin. Kutulardan taştı, kaçıp gitti sesler. Hele verilmiş sözleri görseydin, pıtı pıtı kayboldular çatı katının karanlığında, seslendim birkaç kez, dönün, affederim yine sizi diye, dönmediler. Benim de kalmadı peşlerinden gitmeye gücüm.

Gitmek de istemedim zaten!

Kaktüsleri hatırlıyor musun?

Bursa dönüşü gecenin bir yarısı kapıma dayandığında getirmiştin. Bir yandan babamı oyalayıp bir yandan kapıdan iki dakika yanına inebilmem, kısacası sıvışabilmem için her türlü kaş ve göz hareketini yapan zavallı annemin hali geldi şimdi aklıma... Aynaya bir baksa ne komikti oysa suratı. İki göz ve kaş hareketiyle, “Çabuk fırla, beş dakikayı geçirme, yoksa baban ikimizi de topa koyar!” diyebilmişti bana!

Ne güzeldi sana kaçmak...

Beş dakika bile olsa, pijamalarımla, en evsel halimle, yatağımın, uykumun sıcağına dalmak üzereyken sana dokunmak.

Üç küçük kaktüs vardı elinde ve ben deli olurdum kaktüslere, sen bilmiyordun henüz! Kızlar dalga geçmişti, ne demek istiyor bu adam, diye. Oysa ben severdim kaktüsleri, belki herkes sevmediği için. Belki sırf güzel görünsünler diye zorla kenarına köşesine alakasız çiçekler yapıştırıldığı için... Kendi hallerine bırakılsalar güzeldi oysa kaktüsler, her biri ayrı güzel.

İtinayla suladım onları, konuştum, seni anlattım kimi zaman. Her eve benimle beraber taşındılar. Tüm eşyalar gider, en son arabada kucağımda onlar gelirdi benimle, sarıp sarmalanmış, bebekler misali nazlı...

Şimdi kocaman oldular, en ufağı bile iki dal birden verdi upuzun. Kalemlerle destek verdim, ancak öyle ayakta durabiliyor kerata... Çok mu anlattım seni onlara, çok mu ağladım acaba? Sabahları bulurdu bizi anlattığım geceler, o yüzden mi bu kadar bize benzediler?

Biri öldü geçen gün. Durup dururken değil, belli etmeden ağır ağır, içten içe kurumuş yüreğim gibi. Diğer ikisi ayakta hâlâ.

Kolilerin, resimlerin, ucu yanık şiirlerin satırlarından düşen tüm sözler, umutlar, hikâyeler dedim ya kaçıp kayboldu çatı katımın karanlığında. Kimisi attı kendini balkondan uçarım sanıp, aşağıda çöplerin içinde kapadı gözlerini, kimisi pıtı pıtı kaktüslerimin, karanlıklarımın arkasına saklandı.

Kaktüslerimin sana, bize ne kadar benzediğini anladım dün gece... Ellerimi uzattım sevip okşamak için, elimi kanattılar; tıpkı senin yüreğimi kanattığın gibi. Onları da ancak senin gibi uzaktan sevebiliyorum, hep başucumda dursalar bile.

Senin gibi, belki hiç uzanamadım onların da yüreğine...

Tek gecelik olmasın diye ilişkiler,
kopacağını adımız gibi bildiğimiz iplerle,
sarmaya çalışıyoruz bir öncekinin açtığı yarayı.

Kendini Bilmeyen Kahramana!

Sen benim tek kahramanım olduğunu bilmiyorsun... Öyle sabahları uyanma nedenim, ya da sakarlıklarımın sebebi değilsin, merak etme. Ben daha güzelini yapmıştım çünkü, çocukluğumu verdim sana. Saflığımı ve muzurluğumu.

Bir zamanlar işte, çok geçti üzerinden. Şimdi ne şiire konu olur, ne şarkıya. Rakı masalarında komik anılardan ibaretiz.

Nasıl düştük
Nasıl koştuk
Nasıl da aptaldık
Sevdik sandık birbirimizi
Ya da sevdik belki de gerçekten!

Şimdi büyüdük ve sinemalara saklanmıyor artık el ele tutuşmalar. Öpüşmeler apartman boşluklarında gizlice olmak zorunda değil. Alabildiğine serbest her şey. Ve alabildiğine sahte!

Tek gecelik olmasın diye ilişkiler, kopacağını adımız gibi bildiğimiz iplerle, sarmaya çalışıyoruz bir öncekinin açtığı yarayı.

Ve biz seninle çok gülüyoruz.
Çokuz aslında ama bir o kadar da hiç yokuz!

Sen bilmiyorsun, o zaman da benim kahramanımdın
Şimdi de kurtarılma durumlarında ilk sana koşarım oysa.

Bilmiyorsun,
Ben senin "sağ omuzundaki melek" sadece...

Kırıklıklarını ve umutlarını, bir tek yorganına ve yastığına anlatabildiğin uykusuz gecelerde, sağ omzunda gerçekten bir melek dövmesiyle, kaybedilmemesi gereken öyle biri işte!

Çok yalancı oldum ben bugünlerde, affet. Sana yalan, kendime yalan, eşe dosta yalan. Bedavadan dağıtıyorum önüme gelene.

Ne meleğim, ne dost.
Sol tarafına düşmek istiyorum sadece
Omzunun tam altına
Yanık tenine...

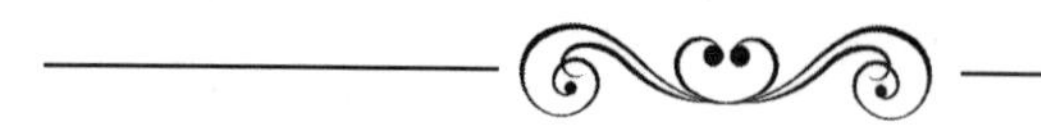

Ve Perde!

Yok, bu sefer karadul olmayacağım. Kapıya servise gelen bakkalın çırağına bile çok kötü baktım sabah sabah. Otobüstekiler, hatta iş yerindekiler bilmiyorlar ki büyük tehlike altındalar...

Gözlerim detektör misali nerede saldırılacak kurban var şeklinde dolanıyor, ne o, canım yandı!

Şimdi koyu koyu makyajlar yapılacak, güzel güzel giyinilecek ki kırılan kalp parçaları dışarıdan belli olmasın! Küpelerle, kolyelerle tutturulmaya çalışılacak umutlar ve hayaller! Hatta o kadar sahte bir maske takılacak ki insanlar inanıp "Hayat güzel gidiyor galiba..." diye sırtını sıvazlayacak!

Aynı oyun başka bir perdeyle evde de devam edecek. Anne baba yaşlıdır, üzülürler. Anne Türk filmi düşkünüyse evdeki tüm ilaçları ortadan kaldırır, hatta bir süreliğine yemekleri elektrikli ocakta yapar. Sırf biz tüpü açıp eşek cennetini boylamayalım diye! Baba sakindir ama içine atar o da. Ve siz tüm bu oyunları bildiğiniz için evde de çıkartıp asamazsınız maskenizi girişteki portmantoya.

Televizyon seyredilir, çekirdekler yenir, yeni diziler inci inci dizilir boğazınıza. Aynı replikler kulağınızı sıyırır geçer. Bir fındık bir gözyaşı bir üzümün tadı başkadır, kimse bilmez sizden başka ve yetmez çekirdeğin üzerindeki tuz taneleri yaranızı kapatmaya...

Uyku tek kaçış yoludur, sahneyi kapatmak için tek çare. Çünkü bir tek yatağınızda hayat sizindir. Yorgan, çarşaf, yüksünmez gözyaşlarınızdan, burnunuzu bile silseniz kızmaz size yastık. Hatta üzülür için için "Daha geçenlerde almıştım içime kokusunu sırf geceleri mutlu uyusun bu kız," diye hayıflanır gidenin arkasından.

Kaç perde sürdüğünü bilmediğim bir oyundur bu böyle...

Sabah kalkılır, yüz yıkanır ve aynı maske son bir kez aynada o şiş gözlere bakıldıktan sonra takılır itinayla ve yanar sahnenin ışıkları bir kez daha...

Yüreğinden Giderken...

Saçlarım yastığına dağıldığı vakit,
İyi bak bedenime,

Gözlerim kapalı

Vücudum, ruhum uykunun tutsağı şimdi
Beynim senden uzak, mavi bulutlarda uçuşuyor,

Dokun,

Nasıl olsa hissedemem,

İstersen okşa

Nasıl olsa hatırlamayacağım uyandığımda

Hatta öp yorganla gizleyemediğim tenimi

Çünkü uyandığım vakit
Şansın olmayabilir

Gözlerim ışığa alıştığı an

Beynim olanları hatırlayıp
Bir bir eşyalarını toparlayacak
Dudaklarımdan, gözlerimden medet umma sakın...

Sana tek bırakacağım,
Kapanan kapının sesi olacak!

Yalnızlığın
Beyninin duvarlarına çarpa çarpa yankılanacak yüreğinde

Sen pişmanlığın denizinde kulaç atmaya başladığın vakit,
Ben kendimi yeni doğan güne atmış olacağım.

Biraz kırgın, biraz üzgün
Yollara düşeceğim belki de

Nereye gittiğimi bilmeden
Ayaklarım bir deniz kenarına götürecek beni

Sadece dalgalara ağlayacağım
Senden habersiz sana haykıracağım!

Sen evinde duvarlarına gizlenip, ben dalgalara sığınıp

Yok edeceğiz, doğmakta olan çocuğu yüreklerimizden...

Çocuktum, sandım ki kar gibi yağacak hayat üzerime
ve ben her uzandığım çiçekte
bir kez daha salınacağım rüzgârın kollarında güvende...

Zaman Zaman...

Zaman... Yanımda korumakta mısın beni, yoksa seni her unuttuğumda canımı yakan sırtımdaki bıçak mı? Kalbime dokunan dost musun, unutup giden sırdaş mı? Aşk mısın, ayrılık mı? Düş müsün, düşten düşüş mü? Umut mu ilk adın, unutmak mı anlamın? Çabuk geçiyorsun bilirim, ama bir karar ver, bil ki ben de senin kadar yerimde durmaya niyetli değilim!

Çünkü öğrendim senin kurallarına göre oynamayı, canımı yaka yaka, yakar topları yüreğimden kaçtı, ellerimle tutayım derken anladım ki hiç değmemiş ne elime ne yüreğime... Çocuktum, sandım ki kar gibi yağacak hayat üzerime ve ben her uzandığım çiçekte bir kez daha salınacağım rüzgârın kollarında güvende... Kimse söylemedi fırtına var, kimse anlatmadı güneş çok değdi mi yaprağına yanarsın, kurursun diye! Ben öğrendim, ben yandım, ben durdum tek başıma güneşe karşı. Sen yanımdan geçip giderken komik pasta üstlerindeki sarı yeşil mumlarla, ben senden hep bir adım önde yürüdüm!

Dostu gördüm, ölümle tanıştım, pek anlaşamadık kendisiyle! Zira ne ben onu sevdim, ne de o beni... Hep yağmurun bir kenardan düştüğü sessiz anlarda rastlaştık, ben kendisine sövdüm, o bir gün elime düşünce paylaşırız kozlarımızı dedi. Bir sevdiğimi sürükledi götürdü yanında, ben sabır neymiş onu öğrendim sayesinde...

Sen sinsi sinsi gülerken bir köşede ben kahkahayı öğrendim.

Ülke gezdim, insan tanıdım, tanıdım sandıklarımda yanıldım, bırak şeytanı, bazen sen bile şaşırdın! Küçüldüm bazen, sindim, çocukluğuma özendim, sen bir gün aldın götürdün benden, ben bin gün kattım beynime, ruhuma, yine fark etmedin!

Şimdi, ipler senin elinde sanıyorsan yanılıyorsun! Ben iplerimi sana hiç vermedim, kendi toprağımda kendim büyüdüm, belki yandım, belki sevdim, belki sevildim ama seni hiç saymadım adamdan zaman! O yüzden, sakın şimdi bana rol kesme! Sakın şimdi kinini biriktirdiysen bunca yıl, gücünle beni yeneceğini zannetme! Çünkü sen hâlâ öğrenemedin, ne aşka karşı durabilirsin sen, ne inanca...

Ah, be zaman...

Sen ne "zaman" büyüyeceksin, beni şu yaşıma getirdin ama ben hâlâ anlayamadım!

Sobe

Tüm sahne aynı da, bende bir tuhaflık var sanki. Kendimi bütün çocukların evlerine dağıldığı ve kimsenin beni sobelemediği bir saklambaç içinde hapis hissediyorum. Aslında beni unutmuş olamazlar diyorum. Burnumu uzatıyorum ağacın kenarından, belki biri vardır bekleyen, ha yakalandım ha yakalanacağım diye. Ama kimse yok.

Çünkü onlar gitmiş.
Çünkü onlar belki hiç gelmemiş...

Sonra nefes nefese uyanıyorum kış soğuğuna inat terler içinde. Kocaman insanım, büyümüşüm ya da inatla öyle demiş birileri. Birileri öğretmiş ezberleri, sonra hop burada bulmuşum kendimi.

Saklambaç bahçelerimin üzerine binalar dikilmiş. Artık iddia oynatan nefesi pis kokan bir herif var onun yerine. Ve tüm masumiyetim o inşaatların, o kepçelerin altında ezilip yok olmuş. O yalnız çocuklardan biriyim işte. Bir düş hepsi.

Ya çocukluğum düş,
Ya ben düşmüşüm bir yerlerden...

Önce telefona gidiyor elim. Çok numara kayıtlı, azı aranabilir.

Çok canım diyen var
Azı sevilebilir...

Pencereye gidiyor elim bu kez. Kar kış kıyamete inat, açıyorum sonuna kadar ve bağırıyorum avaz avaz.

Sobe!
Sobe!
Sobe hayat! Sobe!

Son sayfaları basılmamış bir aşk gibisin sen de işte.

Son Sayfa

Hani son sayfasına koştur koştur göz yorduğumuz romanlar vardır, kahraman önde biz arkada karanlık sokaklara dalarız, katiller kovalar arkamızdan. Ya da kalbimizi alıp tam gitmek üzereyken bir el uzanır, dur, der, silinip yok olur tüm o sızı. Sonra aşklar, sevişmeler...

Tam oraya geldiğimde son sayfalarımı elimden aldın sen... Korsan kitap desem yeridir hani! Son sayfaları basılmamış bir aşk gibisin sen de işte. Seninle karanlık sokaklardan aydınlık aşklara düştüm. Seninle beş kuruş parasız da günümü gün edebileceğim gibi, en soğuğun kalp soğuğu olduğunu öğrendim. O kadar derinden ve aslında bir o kadar da hızlı ilerledi ki hayat, sayfaları çevirmeye dilimde tükürük yetmedi.

Sonra, tam da "mutlu son" ya da en azından kalbi çiziktirmeyen idare eder bir bitişe hazırlarken kendimi, sayfalarının dahi olmadığını fark ettim. Yoktun ki sen aslında! Onca tantanayı çıkartan kavimsiz, göçsüz hayatıma kum fırtınaları getiren sen yoktun işte... Gitmiştin, bir sabah da değil, bildiğin öğle vakti. Ve giderken romanımın, romanımızın o mutlu son sayfalarını da yırtıp götürmüştün beraberinde. Önce anlayamadım gittiğini. Zira öğle yemeği olan mercimeğin yanına kırmak için soğan almaya inmiştim aşağıdaki bakkala. Gülmüştün, onca katı sadece iki soğan almak için ineceğimi söylediğimde, bana gülmüştün. Soğan senden daha dürüst çıktı en azından. Edebiyle üzerine tuzu yedi ve ağızda sadece bir miktar koku bırakıp ertesi sabah geçti. Peki, sen ne yaptın? İki soğanlık vakitte, kaş ile göz arasına bile yetmeyecek bir anda gittin. Beni bir tabak mercimeğin yanında yumruklanmayı bekleyen soğanımla baş başa bırakarak hem de!

Şimdi, ağzımda hâlâ biraz soğan tadı var. Zaten bu kadar ağlamam da o şerefsiz soğan yüzünden. Kitaplığımın başına dikildim bakıyorum, kitaplarımın, hem de hepsinin son sayfaları kopmuş. Yerde yüzlerce son yazılı sayfa... Karmakarışık... Mutlu sonla ölümlü son üst üste düşmüş... Araya karışan ansiklopedi ve ilginç bilgiler son sayfası bile var. "Camda iz kalmasın"la biten bir sonun üstüne zebra mesela. Her şeyin son sayfası var, bizim yok. Her yer talan, kum fırtınası... Geride kalan senin yokluğun!

Kahramanı olamayacağın bir hikâye olduğum için mi "son"suz bıraktın beni?

Sarhoş

Bak, senin de gözlerinde aynı izler var. Çok gördüm ben bu bakışları. Hep aynı. Hep aynı gece, aynı yıldızlar. Her defasında beni kollarına alan aynı yalanlar.

Sen de gecenin başıboş sarhoşlarından biriydin ya. Beraber dolaşırdık hani içki kadehlerini. Taksim bilirdi bizi, Nevizade biz olmadan buzsuz rakı gibi, karanlık, kapkara gecelerde.

Oysa sen de ayılıverdin, bıraktın beni kendi sarhoşluğumla. Şimdi, ben ve deniz, kalan son rakı, son peynir çatalımın ucunda, beraber ağlaşıyoruz ardından.

Nevizade sessiz, barlar kapanmış. Kalan sarhoşları süpürmekle meşgul uykusuz barmenler. Şişe boşaldı ama ben hâlâ sarhoş olamadım. Meğerse beni sarhoş eden şu boş şişe değilmiş, içtiğim içki beni senden çok önce terk etmiş...

Hayatta yapılacak
o kadar çok hata var ki,
aynı hatayı yapmakta ısrar
etmenin anlamı yoktur.

- Jean Paul SARTRE

Koca bir kova dolusu yıldız veriyorum sana,
yeter ki kanayan sızım değil, gökyüzüm ol!

Yıldız

Her şey bir kova ve yıldızlarla başlar belki de...

Kimisi boş bir kova tutuşturur karşısındakinin eline... Der ki eğer güvenebilirsem sana, ödülün bir yıldız, eriysen sözünün bir yıldız daha! Kalbime ilerleyen yolda, çakıllı taşlar çıktığında karşına kaçıp gitmiyorsan, dikiliyorsan inançla, beş pek iyili yıldız hatta! Ve an gelip cesaretini yitirirsen, yalana sığınırsan, alırım bir yıldız elinden. Zaman akıp giderken, sen de bana akarsan, dolar taşar kovamız ve gökyüzümüz aydınlanır, der.

Ben böyle değilim... Dostlar kızıyor bana ama elimde değil, ben boş kova veremem kalbim bu kadar doluyken! Ben sana içi yıldız dolu, belki de gözünü kamaştıracak bir kova veriyorum. Dürüst ol, kalbime inan, elimi tutuyorsan eğer, bana verdiğin değer aksın avuçlarından avuçlarıma... Düşürme yıldızlarımı kovanın içinden kalbimin kenarını köşesini incitip. Yalan tozu serpme sakın üzerlerine. Sen yeter ki kaybetme onları ve hatta mehtap düşür denizden tenimize vuran gecelerin serinliğine... Koca bir kova dolusu yıldız veriyorum sana, yeter ki kanayan sızım değil, gökyüzüm ol! Bakarsın yıldızlarım yeter sonsuza dek seni ışıl ışıl tutmaya...

Başkalarını tanımak akıllılık,
insanın
kendi kendisini tanıması ise
daha büyük akıllılıktır.

- Lao TSE

Tüttüremedim Gitti!

Bu gece iki şiir yazdım, biri düne, diğeri bugüne. Aynı kâğıda sığdırdım her ikisini de, yüreğime sığmazken bir aspirin ömürlü ağrıları.

Kıvırdım kâğıdı hafiften, karmaşamı döktüm tütün niyetine. Aradan yeşil yeşil umutlarımın tohumlarını toplayıp bir kenara ayırdım. Sardım yavaş yavaş geçmişimin tabağında, gözyaşımla ucunu yapıştırdım. Kenarına da tutturuverdim mi benliğimin filtresini, tamam, olacaktı işte. Yakacaktım ucundan. Buram buram sen kokacaktı, ben kokacaktı oda. Göz gözü görmeden ayrılık saracaktı dört bir duvarımı. Biraz kafa bulurdum belki, biraz akardı içimden kırıntıların.

Bir sigara dahi yakamadım şiirimden.
Atamadım, senin beni attığın gibi,
Nereye koysam bilemediğim virgüllerimi ateşe.
Kıyamadım!

Şanssızlığa katlanabiliriz,
çünkü dışarıdan gelir ve
tümüyle rastlantısaldır.
Oysa yaşamda bizi asıl
yaralayan, yaptığımız hatalara
hayıflanmaktır.

- Oscar WILDE

Tam elimi uzattım, gökyüzünden bir yıldız indireceğim sana derken, sen hiç yıldız görmediğini söylüyorsun bana gecelerimde...

Suni Teneffüs

Bu karanlık sularda benim ne işim var?

Denizin suyu gözlerin kadar soğuk ve can simitlerimin hepsi hava kaçırıyor. Sen bu kadar uzakta bir tekneden el sallarken ben yaşamak için ne kadar ümit duyabilirim ki, söyler misin?

Deniz dalgalı, deniz çok soğuk... Sen sadece güneşin tenini şu güne kadar hiç ısıtmadığını söyleyip duruyorsun... Mutsuzsun... Ben senin soğuk rüzgârlarını ya da canının yanan yerlerini anlayamıyorum belki de.

Ama ben boğuluyorum sen bunları düşündükçe. Sen döküldükçe ben düşüyorum, bir el daha derinlere itiyor beni o karanlık soğuk sularda.

Tam elimi uzattım, gökyüzünden bir yıldız indireceğim sana derken, sen hiç yıldız görmediğini söylüyorsun bana gecelerimde... Tüm yıldızlarım küsüyor, sana bir dakika ya da bir saat ne fark eder; bir zaman işte...

Kayıp gidiyorlar gözlerinde birer birer, gözlerini görüyorum en son, elimi tutuyorsun. Yukarı çekerken beni, her şey tuzlu bir tat ile genzimde yok olup kararıp gidiyor...

Gözlerimi açıyorum bugün, yanımdasın. Sıradan bir bahar günü ve çayın koyu, insanların çok olduğu bir yerde oturuyoruz. Sen bana gözlerin sıcacık bakıyorsun. Sevginle hikâyeler anlatıyorsun, zamanında seni güldürmüş belki şimdi bu ölüyü de diriltir diye...

Anlamıyorsun dün vurgun yediğimi, hâlâ bir yerlerde nefes almaya çalıştığımı, alamadığımı.

Boğulurken son saçma sözlerimi ettiğimi, kendim edip yine kendim bulduğumu.

Beni karşına oturtmuş, tüm sevginle, tüm şirinliğinle suni teneffüs yapıyorsun!

Nefes alıyorum yavaş yavaş. Yosunlar, tuz, hatta denizanaları dökülüyor bir bir içimden.

Gece olunca, denizin ne varsa karanlık köşesinde, seviyorum diyorum.

Yine gece olacak, ben yine yıldızlara uzanacağım, tutunacağım bu sefer diyorum...

Siz benim satırlarımı okuyan acısı gizli kanatlar,
ben geceye tek tek, kelime kelime içini döken gizli bir şair.

Sandım Ki

Sandım ki, biz dediğim an, hayat da seni siz sanacak.

Sandım ki, dost adını koyduğun an bir insana, tutacak kolundan, asla bırakmayacak.

Sandım ki gün gelip aşk kavururken canını, yüreğini, nefes dediğin şey ancak ve ancak o tende alınacak.

Sanmıştım oysa, anladım...

Tek başına geldiğimiz şu dünyada aslında nereye düştüğümüzden ötesi yok. Hani o en çok kızdığımız ana babadan öte kucak yok. Çünkü hayat güzel, çünkü hayat dolu dolu ve bir o kadar köşe kapmaca oynama derdinde seninle. Her sırtını döndüğünde bir boşluğunu kollamakta. Sen tökezlendikçe sevinen sinsi bir düşman gibi. Seni adam etmekte, yıllar mumların bir neşeli nefesiyle üflenmeyi beklerken. Gözlerimize çöken çizgilere yansımış gizli neşemiz ve acımız.

Yazılar, her bir satır, insan ömrünün kısa ve uzun hikâyesi aslında.

Benim de sizden farkım yok. Okudum, öğrendim, sevdim, aşık oldum. Hırs yaptım şeytanın tuzağına düşüp. Düştüm ve bir o kadar çok kalktım.

Tek farkım var sizden. Siz benim satırlarımı okuyan acısı gizli kanatlar, ben geceye tek tek, kelime kelime içini döken gizli bir şair belki de. Pastada otuz küsur muma yer kalmamışken büyüyünce yazar olacağım diyecek kadar da cesur hayata inat.

Siz okudukça beni, ben beni öğreniyorum. Farkında değiliz işte. Kimimiz sobeleniyor şu hayatta, kimimiz benim gibi, hep başka yaşamların hiç yakalanamayan ebesi kalıyor...

Sincabıma...

Apartmanımızın girişinde solda ufak bir merdiven olduğunu bugün fark ettim... Aşağıya muhtemelen kedilerimizin saklandıkları yere inen. Tam da arabaya eşyalarımızı taşırken!

Ve bir de, daha dün mutfak camından görünen ağacın dallarında erik olduğunu... İşten yorgun argın geldiğimde merdivenler yapış yapış olduğu için kapıcıya söylendiğim akşamlarda kafamı bir kez olsun dahi kaldırmak aklıma gelmemişti oysa. Tek bir kez olsun kafamı kaldırıp, eriklerden birine uzanma ve ağaçtan eriğini çalıp karşılığında ona o günkü tüm mutsuzluklarımı ödünç bırakma şansının kenarından köşesinden geçemedim...

En yakın arkadaşım, kardeşim, dostum dediğim insan; yüreğimden asla gidemeyecek olsa da şehrimden gidiyor bugünlerde. Yeni bir hayat denize vuruyor hafif hafif onun için şimdi... Çok heyecanlı, biraz korkulu ama zamanla yarışır vaziyette, bir an önce gitmekle evin yarısını sığdırdığı arabasının bir köşesine bizi de sıkıştırmak hayali içinde gidip geliyor!

Ve ben onu seyretmeye doyamıyorum, etrafta sevimli ve hamarat bir sincap gibi oradan oraya yetişmesine, heyecanına, gözyaşlarını saklamaya çalışmasına doyamıyorum, her dakikam onunla geçsin derdindeyim... Oysa bir senedir biz aynı evi paylaşıyoruz, aynı çatı altında her akşam birbirimizi göreceğimizi bilerek geçiyor günlerimiz...

Bir insan ancak giderken mi fark eder dostunun dizinde bir çocukluk yarası olduğunu; ya da ancak sevgilisine öfkelenip onu terk etmek istediği an mı en masum gözüktüğü an olur gözüne?

Neden hep kaybetmek üzereyken insan gözlerini daha bir büyük açar; sesleri, müzikleri en ufak anları bile beynine tek tek kazımak ister? Ve değerli kılar aslında hep değerli olanı gözlerinden içindeki bir denize akan yaşlarla?

Sen, beni, hep her an kaybedecekmiş gibi sev ama hiç gitmeyecekmişim gibi yaşa, olur mu?

Düşüyorum

Yorgun bir iş gününden sonra hani atarsınız ya kendinizi eve. Kapıyı kapattığınızda, beyninizdeki gürültüler son bulur bir an için sadece. Çantanıza asılıp gelmiştir aslında sorular. Stres çaktırmadan mutfağa yönelmeye çalışır, bir iki saat sonra buzdolabından "ce ee" yapmak için. Üzüntü, hele ki kalp kırıklığı, televizyon kumandasıyla müzik setinin yanına saklanır ve siz tüm bu sıkıntıların üstüne kapınızı kilitlediğinizi sanırsınız, hepsi sinsi sinsi çıkmayı beklerken yerlerinden...

Ama hani bir de yatağınız vardır, en huzurlu uykuların kahramanı. Yolunmuş kazların yumuşaklığı hani. Birden bırakıverirsiniz kendinizi o yastığa. Hele benim gibi lavanta yağları damlattıysanız gitmeden sabah üzerine. Yumuşacık sarar sizi. Yatağa çıkamaz hiçbir sıkıntı. Zıplasa boyu yetmez, yolunmuş tüylerden kayar gider, size değmez. Düşersiniz yumuşacık kollara, aşk gibi sarar sizi. Düşüyorum galiba ben de işte tam böyle sana. Aşk gibi, aşkla sar beni. Ve gözlerime hep o günkü gibi bak. Gözlerini gözlerimin en içinden çekmediğin an gibi...

Düşüyorum... Sana... Aşk gibi...

Aşk bir tablodur,
onu doğa çizmiş ve
hayal süslemiştir.

- VOLTAIRE

Kaybettiğimiz çocukluğumuz, umutlarımız, düşlerimiz,
erimiş kardan adamlarımız,
kaybolmuş atkı eldivenlerimiz vardır o beyazlığın içinde.

Kardandı Adam

Karda zordur yürümek aslında, küçük bir çocuk gibi kayıp düşmekten korkarız. Ama diğer taraftan kendimizi alamayız o beyaz cennetten...

Kaybettiğimiz çocukluğumuz, umutlarımız, düşlerimiz, erimiş kardan adamlarımız, kaybolmuş atkı eldivenlerimiz vardır o beyazlığın içinde. Havuçlar, zeytinler aşırılmıştır onun için ve ertesi gün çekip gitmiştir kardan adam... Ne bir mektup, ne bir not! Elimizi donduran su kalmıştır geriye, ki o da çoktan çamur olmuştur, kirleten yüreğimizi hatta bazen acıtan.

Oysa sen kar ile gelmedin hayatıma... Aslında daha çocukluğumda tanıdım ben seni.

İlk kavgalarımızı, dansa davetlerimizi paylaştık seninle. Daha doğrusu ben seninle. Çünkü sen görmezdin beni, benim seni görebildiğim gibi.

Yaramazdın. Muzır ama sevimli bir çocuk suratı kalmıştı hayalimde, spor ayakkabıların, bir de adın senelerce bir köşesinde zihnimin...

İnsan aslında en büyük mutlulukları onların peşine deli gibi düşüp, onları korkup kaçırmadığı zaman yaşıyor. Hani bıraksak onları köşeye sıkıştırmayı, acıtmayı kendimizi; o aslında tıpış tıpış gelecek bize, gün ağardığı zaman.

Senin bana gelişin de böyle geliyor gözüme hep, benim için en doğru zamandı, en güzel mevsim. Mutluluğumu özgür bırakmıştım ki, senin ayağına dolanıp giriverdi hayatımın kapısından içeri çapkın bir gülümseyişle ve hâlâ aynı muzip gözlerle...

Oysa benim kapılarım kapalıydı. İçim çok derindeydi, dışım hani bulduğumuz midye gibi sert, bir o kadar kapalı, saklı, korkak.

Kardan adamdan nerelere geldik değil mi?

Aslında ben sadece şehrimize yağmakta olan karı anlatacaktım, sen yağdın yine satırlarıma.

Doğrunun, güzelin, duygunun, düşüncenin, inadın, kıskançlığın, sevginin, güvenin, yüreğin bir araya getirebileceği en güzel karışım benim için.

Seni başka bir yerde başka bir zamanda da tanısaydım değişmezdi herhalde fikrim. Ama sen beni bu kadar bilemezdin, dedim ya kapalı kutu. Sen gerçekten çok inatçıydın açmak uğruna, benden vazgeçmedin!

Karda çok eldiven kaybettim ben, hep eridi kardan adamlarım ve kardan umutlarım. Tüm mevsimlerden vazgeçmek üzereydim ben, yani anlayacağın sen o kapıdan içeri girdiğinde aslında.

Sonra kışı sevdirdin bana. Sadece sen olduğundan değil içinde, kış gerçekten aslında güzel olduğu için, unuttuğum için çoktan!

Sen hiç anlamadın belki. Belki de ciddiye almadın, hayatla küsmüş, oyundan atılmış bir insanı sevdiğini. O yüzden bu kadar kolay yaralandığını, küçük bir çocuk gibi ağladığını...

Bilemezdin ki yaraların daha yeni kabuk bağladığını. Ancak bu kadar sevebilirdi bir insan, ancak bu kadar yürekten ve beyinden!

Sadece yürekle sevmeye karşıydım hep, yürümez derdim. Seni "ben"liğimde bulunan her şeyle sevdim ben, seveceğim de hep başka bir tatla...

Çok duyduk değil mi bu sözleri? Dizilerden, filmlerden fırlayıp önümüze düştü "Seni her zaman seveceğim" replikleri... Yalandı, oyunbozan hatta!

Çünkü kimse kimseyi sevemezdi sonsuza kadar, hele ki yürekler bozuşup, parmaklar küs çekiştikten, tüm oyuncaklar al gülüm ver gülüm yapıldıktan sonra.

Bir gün sonunu değiştireceğini söyleseler bu yazının, "Hadi canım!" derdim. Sendin çünkü canım, içimdeydin ve gitmeyecektin. Hangi replik düşerse düşsün hayattan üzerimize...

Oysa olmadı, yapamadık.

Ben şehre küskünüm biraz ve o yüzden bu sene bütün mevsimler birbirine girdi. Ne yapacağını şaşırmış bir ısıtan bir soğutan... Ama hâlâ adın içimde ve sevgin yüreğimde...

Kendim bile şaşkınım, vazgeçmedi bir yanım. Ve güçlü beni benden alıp susturacak, imkânsızlığıma karşı savunmasız bırakacak kadar.

Sen kömür karası defterlere yaz beni lanetlerle, ben seni kardan adamların yüreğine koyuyorum sensiz geçen her kara kış mevsiminde...

Bilemedi de...

Günaydın Gün

Dünde kalmış her şeyinle günaydın sana. Dünün peşine, kalbimden düşen son bir parçayı taktım ben, biliyor musun?

Gecenin beş derece soğuğuna, deniz kenarındaki bir çocuk parkının boş salıncağına bıraktım onu, yarım kalmış, içime çökmüş umudumu. Sallansın orda kendi başına, hiç büyümesin diye. Çünkü hiç büyümeyecekti, biliyorum. Hep çocuk kalacaktı seninle sevdam.

Adım attığımız an denize doğru, kuşlar uçtu deniz üzerinden, bizden bir adım uzağa. Bizim aramızdaki gibi görünmez bir korku sınırı çizdiler. Kırarız, can yakarız sandılar belki de. Oysa sevgi doluydu içimiz, hayrandık onlara...

Senin bana olduğun gibi...

Senin beni sevdiğin...

Sevgiyle bakarken kanadımı kırdığın gibi...

Belki doğru yaptılar uçmakla uzağa, benim senden gitmem gibi.

Şimdi, evimin sıcağında, sevdiğim bir şarkının sözlerine sığınıp senden kalan son demleri, gecenin kaybolan maviliğine bırakıyorum.

Uykumu çekeceğim zihnimin üzerine. Ve gözümü yeni güne açtığımda, senden geriye hiçbir şey kalmayacak.

Sadece... Belki hani olur da, geçersek o parkın önünden, kimsesiz bir çocuk göreceğiz...

Sadece ben ve sen...

Sahipsiz...

Unutulmuş bir salıncakta...

Biraz kırgın, çokça yılgın...

Sonsuz bir sallanışla avunmakta.

Dursun Amca'ya...

Aslında çok tanımazdım Dursun Amca'yı, çok sohbetimiz yoktu. Üst katımızda oturur, ara sıra bahçeyle ilgili bir şey olduğunda ya da faturasını ödemek için uğrardı dükkânımıza. Bir iki havadan sudan sohbet eder, sonra giderdi işte. Hayatımdaki yeri bu kadar gelip geçiciydi. Ayağımdan çıkarmadığım kot pantolonuma takılır, "Bu gençler böyle işte," diye söylenirdi.

O gün eteğimle bluzumla pek bir şık olmuş olacağım ki, ilk defa bir ayrı gülümsedi sanki bana. "Ne de güzel olmuşsun kızım, pek bir hanım hanımcık olmuşsun maşallah!" dedi. Sıcacık gülümsedi, ben de gerçekten içimden gelerek teşekkür ettim. Nasıl olduğunu sordum, bunca senedir ilk defa sohbet ettik. O tatlı yanakları sıkılası dedeler gibi nasihat verdi bana ayaküstü. Sonra telefonlara baktı biraz, "Pazartesi uğrarım, aylığı alalım da bakarız bir kızım." dedi. Ben de şirinlik olsun diye, "Bak Dursun Amca, pazartesi günü siyah kumaş pantolonumu beyaz gömleğimi giyeceğim. Bir de öyle gör bakalım beğenecek misin?" dedim. "Tamam, kızım, beğenmez olur muyum hiç? Söz, nazar boncuğu da benden..." dedi ve gitti.

Siyah kumaş pantolonum üzerimde, beyaz çizgili gömlekle çok

şık oldu. Günlerden pazartesi ve biraz önce kapıda dikilmiş dün kalp krizi geçirip ölen Dursun Amca için dua ediyorum. Cenazesi biraz önce gitti. Dedim ya, çok tanımazdım onu. Ama o gün girdi hayatıma ve şimdi geriye garip bir anlamsızlık bıraktı...

Bugün telefon bakacaktı Dursun Amca, öyle düşündü. Hesap yaptı kafasında, belki beni bile düşündü oturup da, bankada işleri vardı bugün yapılacak, hangisinin ne anlamı kaldı ki?

Esnafla birlikte konu komşu dualarımızı edip gözyaşlarımızı döküp yolcu ettik Dursun Amca'yı. Ben... Ben ise yolcu edemedim daha... İçimde bir yere nazar boncuğu gibi iliştirdin aslında yarının olmadığını, bugünün, şimdinin, şu anın değerini yüreğimin köşesine iğneleyip de gittin Dursun Amca...

Öykü değil, tamamen gerçek yazdıklarım. Bu yüzden bu sabah deli gibi aradım sevdiklerimi. Ya da sevdiğim halde bu sevgiden, dostluktan, ilgiden mahrum bıraktığım insanları hayatın boş bahaneleriyle. İlk önce ananemin sesini duydum. O kadar sevindi ki sabah sabah sesimi duyunca kadıncağız. Şimdi arkadaşlarımı arayacağım tek tek. Ne kadar ihmal ettiğim insan varsa peşine düşeceğim ve bunu sırf bu seferlik yapmayacağım. Çünkü dedim ya, içimde bir yere iğneleyip de gitti Dursun Amca, keşke demenin acı tadını bıraktı yüreğime...

Gece Kaçkını Şiirler

Kendine şiir yazar mı insan?

İşin ucunda aşk varsa
Uyanmak varsa tek başına bir ayrılığa
Bal gibi
Şiir de olur,
Şair de olur insan...

Şair olmak için vapura binmek gerek
Ve kırık bir kalp için
İstanbul'u solumak yeter...

Küsmemiş martılar hâlâ bize,
Bir parça simit için peşimizde.

Ve sisli Kız Kulesi
O kadar şamataya rağmen,
Hâlâ sislerin içinde, hâlâ gizli.

Bütün oyunları unut,
Boyalı sözleri sil tahtadan birer birer.
Tek gerçek;
Sen ve ben.

Sen artı ben
Eşittir
İmkânsızlığımız.

Kalan var mı?

İmkânsızım olduğunu bile bile yolundan çıkamam.
Tek ezber, tek yemin.

Unutulurum,
Çok sevgiler unuturum,
Hatta yiter giderim senin zamanından,
Ama bil ki,
Kendi gözümde bile düşen tek yaprak,
Sen...
İmkânsız Not: İlk şiirimdir kendisi, bilen bilir!

Fareli Köyün Kavalcısı

Mahzunluk öyle ansızın çöküyor ki içime, ben anlayana ona bir anlam yükleyene kadar da çekip gidiyor aynı sessizlikle... Bir an dalıp gidiyorum geçmişe, deştiğim zaman kanamaya hazır o kadar çok yaram var, adları bile yok. Yüzler kalmış gözümün önünde, bir bahar akşamında çekip gidişim ya da çamurlara bata çıka umursamazca ağladığım o gece karanlık sokakta...

Neden sustuğuma anlam bulmaya çalışıyor insanlar, gıpta eden dostlarım bir umut, bir gülüş bulmaya çalışıyor gözlerimde. Doğru, gıpta eden dostlarım var bana! Yaşadıklarıma, aşklarıma, çılgınlıklarıma hatta zaman zaman acılarıma... Bilmiyorlar tüm bu yaşamın yükü delicesine ağır, ben bile şimdi hissediyorum ne kadar yorulduğumu ve ne kadar az yol aldığımı... Pişmanlığın kapısından bile geçmediğim günler şimdi keşke yaşanmamış olsa diyorum içimden, ama sadece kendime!

Onlar hâlâ hikâyeler anlatmamı istiyor...

Gözleri belki de kendilerini koyarak benim yerime dalıp gidiyor bir boşluğa ben anlatırken, benim kendi boşluğumda nasıl çırpındığımı fark etmiyorlar. Kendimi fareli köyün kavalcısı gibi hissediyorum işte o anlarda, istesem bir sürü yaşamı peşimden götürürüm belki, ama kendi karanlığımda yalnız kalmak istiyorum yine de...

Çünkü onlar hâlâ kuyunun dibinde bir ışık görebiliyor...

Oysa ben dipte oturmuş kanayan bacaklarımı kollarımla sardığım, daha yeni yeni düşünmeye başladığım için hiç sesimi çıkartmıyorum onlara... Tek anladığım herkesin kuyusu ayrı, düşüş hızı da!

Ben deli bir hızla atladım ve aynı hızla çakıldım, durumum iyi sayılır yine de, hâlâ âşık olabiliyorum, hâlâ cam kenarındaki kuşlar için bir parça simit bırakabiliyorum sabahları... Hâlâ sigaradan keyif alabiliyorum, hâlâ içimde kendimin bile şaştığı bir şekilde umut olduğuna inanabiliyorum.

Sadece yorgunum biraz, onların anlamadığı da bu zaten, oysa her oyunun bir perde arası hatta sonu olduğunu öğrendim ben, çok genç yaşımda alkışın sesini duydum ve herkes çekip gittiğinde ne kadar yalnız olunduğunu da gördüm... Şimdi anlamlarımı biriktiriyorum sessizce... Aslında ezberlediğim bir oyun var, ne biri; bir sürü ama onlar benim pes ettiğimi zannediyor, için için seviniyorlar anlatacak hikâyem kalmayacak diye. Boş ver onlar öyle bilsin, ben sadece güç topluyorum, dinleniyorum, sağımdan solumdan geçerek daha da dibe vuracaklar ileride, bilmiyorlar!

Kimse kuyunun ne kadar derin ne kadar acımasız olduğunu bilmiyor...

Ben bekliyorum...

Deprem Şiddetinde Aşk

Biliyorum,
Biliyorsun,
Biliyo...

Kim, neyi, nerede, nasıl ?
Yaşıyo, yaşanıyo...

Kimi zaman aşk, kimi zaman acılı adana tadında ayrılık.
Şehrin karmaşasında sevgimi kaldı be,
Sen beni sabah işe bırak yeter ki,
Ben gece olunca seni yine severim nasıl olsa.

Boşluklar üzerine kurulmuş
Ve henüz 3 şiddetinde depremlerle
Hafif hafif sarsılan aşklar var ağzımın tadında.

Daha büyük depremler gelmedi,
Şehir yıkılmadı henüz,
Sen beni yeter ki sabah uyandır sevgili
Ben gece olunca nasıl olsa bir ara öperim seni!!

Düşman isterseniz
dostlarınızı geçmeye çalışınız.
Dost isterseniz, bırakın,
dostlarınız sizi geçsin.

- *La* ROCHEFOUCAULD

Her gülümsemenle yanan bir fener gibi aydınlatmalıydın kâbuslarımı ve karanlığa uyandığım gecelerimi.

Çok Yaşasınlar...

Oysa ben sadece seni sevmek istemiştim. Teninde uyanıp yine tenini yorgan misali çekmeliydim üstüme alt tarafı. Yeterdi bana. Akşam olunca sana koşmak, dudaklarında susayıp nefes almak hayat olurdu benim için. Otobüse binmişim, soğuk yemişim beklenmedik sonbahar gecesinde, kaç yazardı ki ömrüme, bünyeme. Seninle görmek ilk defa hani...

Gözlerimi ilk kez açmak dünyaya bir bebek misali olmalıydı ilk anılarımın adı, sanı. Seninle küsmeliydik ilk, sen öğretmeliydin bana barışmanın yedi renkli çiçeğini. Ve birlikte soldurmalıydık suyunu toprağını unuttuğumuz için. Hep aşktan olmalıydı bunlar. Hep aşk olmalıydı bahanelerimizin adı. Kulaklarım sağırdı aslında, yüreğim kör sana...

Işığım sen olmalıydın karanlıktan aydınlığa çıkartan beni. Her gülümsemenle yanan bir fener gibi aydınlatmalıydın kâbuslarımı ve karanlığa uyandığım gecelerimi. Bağırıyorsam ve ağlıyorsam eğer, sendin nedeni.

Üzgünsem, özlediysem eğer, senin kokun öznesi olmalıydı tüm cümlelerimin. Seviyorum diye için için haykıracak, sessizliğime söz yükleyecektim senden aldığım her gülüşle. Sabah uyandığım vakit yastığın diğer ucunda sen varsan eğer, varsın yorgansız kalmışım, varsın üşümüşüm gece. Ben gözlerinde bulurdum ısınacak bir yer kendime. Yeri geldi mi bir çocuk kadar özgür, yaz geldi mi denize, kış geldi mi battaniyelerin altına atacaktık kendimizi seninle. Filmler yetişemeyecekti vizyona girmek için.

Ve şarkılar bir o kadar ezberimizde. Beraber kapılacaktı tüm mikroplar ve el ele olmalıydı "Çok yaşasınlar"! Ve bir o kadar aynı kaşıktan içilmeliydi tadı bozuk tüm o ilaçlar. Ihlamur bir tek bize taze olmalıydı en kaynamış tadında. Oysa sen tek bir şey öğrettin bana bunca zamanda...

Bütün düşlerimi uyandırdın uykusundan. Sonra da ayrılık yazdın, altına da yalan kara tahtaya... Çektin gittin tüm "çok yaşasın"larımla!

Yüreğimin Tek Gerçeği

Sana aşkım derdim ya hani,
Boş değildi lafım.
Yeni yetmelerin dilinde sakızdı belki,
Ama benim yüreğimin tek gerçeğiydi
Aşkımdın, canımdın.

Öyle dışımdan öyle içime yerleşiverdin ki
Ben bile anlayamadım.
Buz gibi soğuklarda
Kat kat kazaklarla değil, gözlerinde ısındım.
Sarıldım, tüm yaralarımı seninle sardım,
Senden habersiz belki.
Güvendim, hiç yoktan sevdim seni...

Şimdi,
O yeni yetmeler bile
Gözleri kapalı saf saf
Dolanırken el ele Ortaköy'de,
Ben senin yaralarına tuz basıyorum
Bu kirli denizde!

Aşkın gizemi,
ölümün gizeminden
daha büyüktür.

- Oscar WILDE

Aşkın Beni Öldürüyor

Derinlere çekiyorsun önce beni. Bataklıkların en derinlerinde buluyorum kendimi, birden uyandım sandığım ama kâbusun daha derini sanki. Üşüyorum. Çırpınıyorum daha da derinlere bata çıka... Sakin kalsam belki daha geç olacak ölümüm. Bir kez bile adım atmadığım kutupların soğuğunu hissediyorum içimde. Sonra birden duruveriyor soğuk. Bu kez de yanıyor içim. Bildiğin alev alev yanıyorum, kremsiz güneşlere gelmişim sanki. Sanki güneşi veriyorsun ellerime ve ben nasıl da beceriksiz. Gözlerim, yüreğim kamaşıyor...

Yaz gecesinde kışı buluyorum kimi zaman gözlerinde biliyor musun? Bildiklerinin arasında var mı benim gözlerinde bulduklarım? Kimi zaman bir şömine misali yakıyor ellerin bedenime dokundukça bir gece vakti. Tüm yapraklarım itirazsız dökülüyor sana. Bilerek zaman geçmeden çiçek açacağını gonca gonca hiçbirini tutmuyorum dallarımda. Koy verdim gitsin. Bazen şehirler, zamanlar, sözler, uzak gözler giriyor aramıza. Her aşkta olur biraz diyorum. Oysa binlerce düşünce uçuşuyor kafamızda.

Birer karikatür olsak, yetmez aklımızdan çıkan balonları çizmeye hiçbir çizerin kalemi. Ve ben ölüyorum senin gözlerinde, yüreğinde, teninde...

Yokluğunda ve varlığına ulaşmak için sana her koşuşumda dizimde bir çizik, bir tökezlenme ayaklarımda. Uyanıp da seni yanımda bulamadığım her sabah ayazında gün daha bir nemrut benim için. Ben daha bir suratsız, daha bir şiş gözlerim o günlerde diğerlerine göre. Ölüp ölüp tekrar diriliyorum, tekrar gözlerimi açıyorum hayata.

Rüya mıydı kâbus muydu bilemeden yaşıyorum anlayacağın bu aralar. Kâbusa da rüyaya da razı, nefes alıyorum boynunun parfümünle karışık kokusunda elime geçen her fırsatta, hem de sana çaktırmadan. Çok üçkâğıtçıyım ben aslında.

Ölüyorum, yanıyorum, üşüyorum...

Yine de doymuyorum, doyamıyorum sana...

Hiç Konuşmadan

Sözleri, isimleri, sayıları kullanmasam sana ulaşmak için...
Hiç konuşmasam...

Dokunsam, öpsem ama cevapsız sorulara gizlenerek
Bana "neden" diye sormasan...

Botlarımın kumlarda bıraktığı izler gibi yaşasam
Denizin ne zaman gelip sileceğini ne izler biliyor ne de ben...

Hoş deniz bile bilmiyor ki,
Kimi ıslatıp kimi yok edeceğini...

Seni istediğimi söylesem;
Hiç konuşmadan...

Beni öpsen,
Hiç susmadan...

Aşk hakkında
her şey doğru, her şey yanlıştır.
Hakkında söylenecek hiçbir şeyin
saçma olmadığı tek şey aşktır.

- Nicolas CHAMFORT

Bir Daha Asla...

Evimi, seni düşündüğüm anları hatırlatan bir şarkı buldum. Her pazar sanki gelecekmişsin gibi iki kişilik yemekler yaptığım, temizlediğim, hazırlandığım ve senin hiç gelmediğin evimde hayaller kurup kakao likörlü bir tatta uyuya kaldığım pazar geceleri düştü üstüme. Ve sonrasındaki haftaya kendimi atışım, kendimi parçalarcasına çalışmam, gece yarıları sırf seni düşünmemek içindi yorgunluğu taşıdığım geceler yatağıma.

Hâlâ bir sızısın içimde. Bu gece son ama biliyor musun? Ben ki romantik, tarihleri unutmayan, sürprizler insanı, bu geceyi de atlatınca sana veda etmiş olacağım. Çünkü yedi sene sonra ilk defa sen yoksun yanımda. Hayalimde, tadımda, burukluğumda bile.

Sadece ufak bir çiziğe tırnak attım bile bile. O kanıyor içimde. Sabaha kalmaz acısı. Çünkü ezberim dahi değilsin artık. Sadece buruk bir gülümseme adın defterimde ve rehberimde asla bir daha aranmayacaklar listesinde adın...

Şimdi, yedi sene boyunca sensiz kutlamadığım bu gecede, hiç bilmediğin bir adreste, kendi kendime kadeh kaldırıyorum. Adi bir konyağın buzlu suyunda seni eritiyorum.

Bir damla düştü yalan yok. Sızdı benden izinsiz kahkahama, vurdum duymazlığıma karışıp. Kimse içimi bilemedi, kimseye göstermem. Adın anılmayı dahi hak etmiyor çünkü. Şimdi nerdesin, kimlesin? Hiç aklından geçiyor mu geçmiş? Hiç aklının kenarında dolaştı mı adım bunca yıldan sonra bu gece?

Bilmiyorum ya da bilmek istemiyorum aslında. Çünkü acını hissediyorum. Pişmanlığın dalga dalga denizleri aşıp buluyor beni İstanbul'un hangi karanlığına sığınırsam sığınayım bu gece...

Bu kez tek bilmediğin, başka bir ezberim var benim artık ve sana kinimi kustuğum şu satırlarda bile ona ihanet ediyormuşum gibi içim acıyor. Oysa sana olan tüm nefretimi, kırgınlığımı kusmalıyım ki içimdeki acının son demleri yeni sayfama sıçramasın. İşte tek neden bu. Yoksa bir şiiri bile hak ettiğinden değil, emin ol. Kelimeler artık senin için bir araya gelmiyor. Değmez diyor dizeler, değip geçemez artık kalbine.

Üzülme...
Şiirler bile seni tanımıyor, tanımak istemiyor...

İstanbul,
Bizim şehrimiz
Artık beni başka yakada, bambaşka bir tenin içine alıyor...

Ve sen, sadece dedim ya bir kabuksun,
Yerini ancak kendim hatırlamak istersem bulabildiğim

Bir zamanlar tek yemin derdim ya sana,
Yemin ederim...
Seninle,
Bir daha asla,
Aynı şiire düşmeyecek özlemlerim, öznelerim...

Kışlıklar

Kışlıklarımın arasından çıkar mısın? Hani yanlışlıkla dolabın arkasına düşmüş ve tozdan bir bulut olmuş önemli kâğıtlar gibi, ya da kaybettiğimi sandığım saç tokam. En sevdiğim ama bitti sandığım Nutella gibi, kapağını açsam, bir baksam oradasın. Hiç gitmemiş, dudağının tadı bozulmamış ve bir o kadar unutulmamış.

Nefesin boynuma değse, kırıklarıma üflesen usulca, geçse hepsi. Birden çıkıp gelsen! Tozlu, unutulmuş ya da unutulmuş gibi yapmak için her sabah derin bir nefes harcadığım geçmişimizden gözlerime baksan.

Bulursun el yordamıyla yerini
Çünkü
Ben senden sonra
Kalbimi kimselere rehin bile vermedim ki...

Doğuştan sahip olduklarınızla
yaşamayı öğrenmek bir süreç,
bir katılım, yani yaşamınızın
yoğrulmasıdır.

- Diane WAKOSKI

Matematiksel bakarsan bir kalbi bir kalbe vur, sonuç çıkarımsız.

Matematiksel Ayrılık

Ben o gözyaşlarını boşuna mı döktüm sanıyorsun? Kokusundan tanırım ben ayrılığı. Buzdolabının köşesinde unutulmuş ve el emeği göz nuru pişirilmiş, yazık edilmiş bozuk yemek gibi berbattır. Bir o kadar da çok sarılmaktan öpmekten tene sinen koku gibidir, bir anda uçup gitmeye hazır, bir eli hep kapıda, camda.

Çok gülüyorduk oysa değil mi? Çok iyiydik.

Kadın milleti işte, sağı solu belli olmaz dedin, bozuldun ağladım diye. Oysa ben hiçbir okulda öğretilmemiş ama ruhumun içine işlemiş bir denklemin sonucunu gördüm sadece gözlerinde.

Adı ayrılık.

Matematiksel bakarsan bir kalbi bir kalbe vur, sonuç çıkarımsız. Ama içimden çıkan cam ve can kırıklarını toplasan çok virgüllü sayılar elde ederiz, bak ondan eminim işte! Hesap makineleriyle ölçemezsin sen benim aşkımı, yetmez gücün. Ben belki yeter diye kendimi bir kandırayım dedim, ben en çok zaten kendime yanıldım. Şimdi o yüzden bu sükûnetim, yoksa ruhumun kirliliğinden değil giden sevgilinin ardından gülümseyerek bakmak.

Ayrılıkla biz barıştık artık, gelmeden önce arar o beni muhakkak ya kalbimden ya tenimden. Bir iz gönderir, anlarım ben. O yüzden yabancı değilim senin bu elini kolunu sözünü nereye koyacağını bilemez duruşuna. O yüzden durma, ilk değilsin ne giden ne de gönderilen! Tutunamayacağın, sarıp sarmalamayacağın dallara uzanma sadece bir daha...

Kızılın Maviye Dönüştüğü Yerde

Kızılın maviye dönüştüğü yerde
Bülbüller ötmüyor artık
Hüzün öylesi sarmış ki
Sesleri solukları kesilmiş
Beni benden alan haller içindeyim
Bedenim ayrı ruhum ayrı gezer oldu
Sensizlik derdi içinde
Ateşimle kavrulur dururum
Yalnızlık sardı mı bir kere
Ne denizler kurtarabilir beni
Ne de martılar
Okyanuslar bile çekilir, korkar deli fırtınamdan
Poyrazlar gider ararım seni
Lodoslarda ellerim boş
Gözlerim yaşlı dönerim
Öyle bir eserim ki
Ne kum kalır geride ne de güneş
Onu bile geçerim ben bu deli gönülle ey sevgili
Sen yeter ki yüreğime düş
Şiirime eş.

Aşktan korkmak,
yaşamdan korkmak demektir
ve yaşamdan korkanlar
şimdiden üç kez ölmüşlerdir.

- Bertrand RUSSEL

Sen bana bir adım gel, ben sana koşarım sevgili...

Sen Bir Adım Gel Yeter

Sen bana bir adım gel, ben sana koşarım sevgili... Sakarım biraz, tökezlerim belki yolda, tut kaldır beni yüreğimden... Sen bana bir adım gel, ben sende bir ömür kalırım... Kaç yıl yaşarım bilemem, sigara da malum 5'er dakika götürüyor hayattan. Her 5 dakikada bir 'Seni seviyorum' der geri alır sana veririm ömrümü, sen yeter ki gel sevgili...

Kitapların eski kokusu vardır hani, Taksim'de, Kadıköy'de sahafların önünden geçtin mi gelir bulur burnunu... Kalbim tütmekten yoruldu, eskidi artık okunmayı beklemekten, kendi ellerimle götürüp bırakasım var kendimi sahaflara! Hiç mi özlemedin, hiç mi merak etmedin neresinde kaldığını hayatımın?

Gecenin bir yarısı uyandım bir gürültüye, bir baktım umutlarım çıkmış saklandıkları yerden. Pıtı pıtı koşuyorlar bana. "En karanlık zamandır bizim gelme vaktimiz," dedi içlerinden biri... Pıtı pıtı attı kalbim, şimdi gece, en karanlık zaman ne de olsa, sen de gelir misin sevgili?

Aşk yaşamında kadın,
ancak hünerli bir çalgıcının
elinde dile gelen bir lir gibidir.
Kadınlar bizleri sevdikleri zaman
her suçumuzu bağışlarlar.

- Honore de BALZAC

Isırık

Yüreğinizi bir yere çarptığınız zaman için için yanar canınız. Sızlar durur en beklenmedik zamanda. Elleriniz köpük içinde bulaşık yıkarken, ya da salonun bitmek bilmeyen tozunu alırken. Gözlerinizden aksa bile bitmez o acı...

Oysa bir tenin bir tende bıraktığı izler çabuk geçip gider bedenden. Siz onlara dokunup mutlu olmak istedikçe, onlar bir an önce anı olup zaman içinde yok olup gitme telaşına düşerler... Ve hiçbir salonun tozlu masasında ya da tavanın yağlı sapında yoktur sevgilinin kokusundan bir nefeslik bile olsa iz.

Asla...

Aşk kızamığa benzer,
insan ne kadar geç yakalanırsa
o kadar ağır geçer.

- *Douglas* FERROLA

Eski Yüzlere Sığınmak İstedikçe

Eski yüzlere sığınmak istedikçe, o tanıdık gözler bile karanlığımdan kurtaramaz oluyor beni.

Bu şehirden sıkıldım. Eskiden severdim oysa İstanbul'u. Belki yine severim, kısa sürer küskünlüğüm. Her köşe başına bir kırık kalp bıraktım, neresine kaçarsam kaçayım peşimdeler...

Ortaköy, Bakırköy, Taksim...

Tramvay yolunda elimden tuttuğun, Bakırköy'de aradığın, Ortaköy'de özlettiğin günler nedense hayatımın ajandasından bir türlü silinmiyor.

Seni sildim derken elimdeki kalemin tükenmez olduğunu ve yazdığımın hayatımın duvarları olduğunu fark ediyorum içimde buruk bir tatla.

Sana ulaşayım diyorum, bari sarılayım, yanına uzanıp huzur bulayım; o da olmuyor. Sen ancak kısa zaman dilimlerinde hayatımın, bir uğrayıp geçiyorsun arkanda beni dilim dilim bırakarak.

Sorumluluklarımı unutup insanları kırıyorum, keşke ben unutulsam... Bir günlüğüne de olsa yitip gitsem, anılmasam diyorum. İşin komik tarafı bu ya, ben bundan da sıkılırım, biliyorum!

Şimdi yıkıntıların içinde bir yürek saklı, bir yüreğin içinde yıkıntılar.

Martı

Kalbimi aldırmışım dün akşam fark ettim. "Geçici olarak servis dışı" ya da diğer bir güncel deyimle "Kimse için çarpmıyor". Nötr. Durgun bir deniz gibi. Ne fırtınası var yakında, ne lodosu... Öyle durgun... Arada bir dalgalanıyorsa bile ya uzaktan geçmiş bir gemi dumanı zar zor seçilen ya da adını unutmaya çalıştığım bir bulutun gölgesi geçen yüreğim üzerinden.

Senin depremlerinle koca bir şehir yıkılmış içimde. Evlerin içinden hâlâ inlemeler geliyor gece yarıları. Duyuyorum. Ha bir gemi olsun geçen, ha bir fırtına esip deviren, bunca yıkımdan sonra ne fark eder? Ben bir ölü şehri gömebilmişim yüreğimin derinine, doğmamış çocukların üzerine beton örtmüşüm yorgan misali.

Açılmadı hiç gözleri, ağaçlarım koptu köklerinden. Deli bir denizim ben ya hiç ağlamadım.

Şimdi yıkıntıların içinde bir yürek saklı, bir yüreğin içinde yıkıntılar. Ve üzerini deniz örtmekte sonsuza uzanan. Sen ne dalga olabilirsin artık içimde ne de bir yolcu yüreğimde. Ancak bir martı pençesi kadar çiziklerin ve uzak benden kanat seslerin.

Aşkı
kitaplara soktukları iyi oldu,
yoksa belki de başka yerde
yaşayamayacaktı.

- *William* FAULKNER

Ayrılık ardımda ağlarken,
ben kayıp ve karanlık sokaklarda gizlenmiş
sevgi kırıntılarını buluyorum tek tek.

Söze Sığınma Vakti

Belki şair olup söze sığınma vakti geldi yine... Sayfalar dolusu yazı, yazı ve yine yazı. Suskun kaldıysa gece madem, biri, bir el yol vermeli kelimelere. Karanlık sokak köşelerine gizlenmiş sevgi kırıntıları, nereye baksam ayağıma çelme takma derdindeler sanki. Birileri bulmalı onları, başlarını okşayıp iki umut vermeli eline.

Rüzgâr bile beni sırtımdan vuruyor. Duyduğum şu şarkı kim bilir kaç senelik? Önünde eğilmeli belki de.

Yılların çöplüğü burası; ben daha yeni anladım oynanan oyunu. Yeni de gelmedim oysa, akıllı geçinenlerden oldum sözüm ona bunca yıl. Oysa şimdi gözlerimde çapaklar sabaha merhaba diyorum sanki. Elim kolum uzun bir uykudan çıkmanın karıncalanmasıyla tutuk. Karıncalar yuvalar açmış bedenime, gitmeye de niyetli değiller gibi.

Kim bilir adını bilmediğim kaçıncı sabah bu? Gittiğinden beri adımı bile unuttum desem, yeri tam da burası belki.

Kimliğe baktığımda yazan harfler biraz bulanık. Hem ne fark eder ki?

Yılların dişleri arasında parçalanacak olduktan sonra, ne fark eder hatırlanmak, bir seveni, bir gözyaşı damlası olmak! Ben yağmurları sarıyorum üstüme baharın hafifçe ısıran gecelerinde...

Ben yaz sıcağını yaşıyorum dışarıda beyazlar kraliçesi hüküm sürerken, tüm olası grip mikroplarına inat. Ben mutlu olabiliyorum. Ve kendimce kimsenin yapamadığını yapıyorum. Ayrılık ardımda ağlarken, ben kayıp ve karanlık sokaklarda gizlenmiş sevgi kırıntılarını buluyorum tek tek. Başlarını okşuyorum ve sevmeleri sabaha unutan bu şehirde, sana inat; yaşıyorum!

Sana

İnsanoğlu nankör, çabuk unutuyor...
Ne kadar küçük olsa bile ebatları,
Yine de kocaman gelen yatakları
Ve sarılmaktan
Beli bükülmüş yastıkları.
Şölen tadında kahvaltı sofralarının tek kişilik tabaklarını,
Sessizliği bastırmak için son demde çalınan gürültülü müzikleri
Ve raf ömrü çok kısa aşkları...

Oysa şimdi anlıyorum,
Yalnızlığa sabrın hediyesi;
Hiçbiri sen değildin çünkü
O anların hiçbirinde sen yoktun,
Yanımda yalnızlığa çay demlediğim günlerimde
O yüzden adın aşk,
O yüzden nefesimi sana verdim...

***

En güzel düşlere emanet ettim bu gece seni
Özlemimi ört üstüne,
Aşkım pofuduk yastığın,
Sevgim susadığında bir bardak suyun olsun başucunda,
Topu topu senin için atan bir kalp,
Hepsi senin,
Hep senin...

Bir gün köprüden atacak tek bir umut kalmazsa diye ben sona sakladım hep kalbimi.

Hiç

Hiç köprüden aşağıya attınız mı umutlarınızı? Yoksa sadece bir boğaz manzarası mı İstanbul sizin için? Bunca kaosun içine kaç kahve kokusu tabağın kenarına yapışmış, kaç gözyaşı ve hüzün var biliyor musunuz bu koca şehirde?

Kork biraz artık, deli olma bu kadar, diyorsunuz bana! Ben ne akıllar, ne umutlar fırlattım kimseye çaktırmadan buharlı otobüs camlarından aşağıya bir bilseniz... Çerez diye yuttum boğazıma dizilen olmamışlıkları. Çatalımın ucundaki beyaz peynirdi rakının kankası heveslerim. Ve her sabah, "Vira!" dedim bakmadan geride dumanı tüten gemilere. Elimi bırakmayan bendedir nasıl olsa! İşte bu yüzden deli cesaretim, ya da sizin öyle zannettiğiniz çelikten yeleğim. Koşarım, denerim, severim, sevişirim gözünün yaşına bile bakmadan hayatın! Çünkü tek korkum var benim. Bir gün köprüden atacak tek bir umut kalmazsa diye ben sona sakladım hep kalbimi.

Hadi gelin de asıl buna cesaret edin!

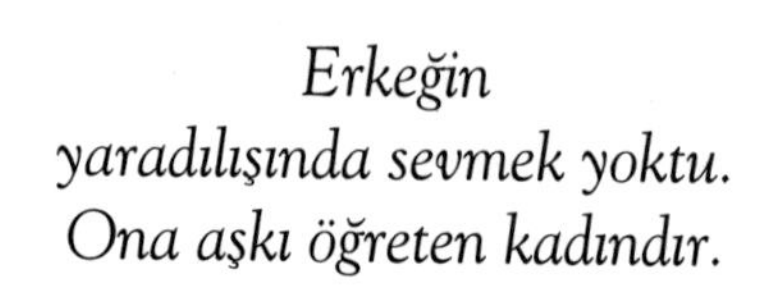

Erkeğin
yaradılışında sevmek yoktu.
Ona aşkı öğreten kadındır.

- *Paul* GERALDY

İki bilinmezli çözümsüz denklemler gibi şu aşk,
her cevapta başka bir soru taşıyor size.

Güven

Bir insanın hayatımızdaki değeri arttıkça ona olan güvenimizde azalabilir mi? Hani şu en başında çuval dolusu verdiğimizi sandığımız güven... Nasıl olsa yaralar derin olmaz ilişkinin başında, en fazla bir tırmık yarası, o da gelip geçer zamanla, ama o içinize işlemeye başladığı vakit, geceniz olup, gündüzünüze bir de özlemini eklediği vakit, işler sarpa sarıyor demektir. İşte o zaman korkunç bir hayal gücü ve muhteşem aldatma senaryoları gelir aklımıza...

Çocukluğumuzda bile olmayan alışkanlıklara sahip olmaya başlarız, tırnak yemek ya da sürekli saç diplerimizi kaşımak gibi. Ne korkunç bir oyundur bu, sevdikçe kaybet, sevmedikçe umursama... Neden bu kadar zor güvenmek? Geçmiş yıkıntılardan çıkan dumanlar mı gözlerimizi karartıyor, yoksa duyduğumuz hikâyeler mi bizi böyle şüpheci yapan? Hepimiz geçmişte bir yerde kaybetmişizdir güvenimizi, belki bir sevgili, belki bir dost, belki de en değerli varlıklarımız ailelerimizdir o kaleyi yıkıp geçen... Ama şimdi ben güvenmek istiyorum, çünkü seviyorum, sevildiğimi biliyorum, ama olmuyor işte, ne kadar seversem o kadar azalıyor sanki güvenim... Biliyorum çünkü o kadar açılıyor kapılarım ve artıyor yara alma risklerim. Ama nefret eder oldum bu huzursuz duygudan, acabalarla kendimi yemekten! Ne garip şu insanoğlu, önce güveniyorum deriz daha en başında en tanımadık zamanda birbirimizi sonra zaman geçer, birbirine karışır o iki insan ve git gide azalır güven, yapılan yanlış dahi yoktur oysa ortada, sadece açılan yürekler ve bedenler vardır geceye..

En savunmasız halimizdir gözlerine değen, en masum, en korkak belki de ve bir kez gördü mü gözler o gizli bizi, daha çok korkarız, hatta daha çok saçmalarız bile bile... Bu kadınlara has bir şey de değil, sadece belki biz daha çenesi düşük yaratıklar olduğumuz ve "erkekler ağlamaz", "erkekler güçlüdür" baskılarıyla karşılaşmadığımız için daha kolay yansıtabiliyoruz duygularımızı... Bazen acıyorum bile erkeklere, bir erkeğin bunları yazdığı hiç aklınıza gelebilir mi, onlar kim, korkmak kim, aşağıladığımdan değil, biraz acıdığımdan biraz da onların tarafını tuttuğumdan...

Ne olursa olsun bilmiyorum nasıl kurtulacağımı sevgime zarar vermeden bu hastalıktan, çünkü iki türlü de zararlı, hatta her türlü... Ya kendinizi yiyip bitirirsiniz, benim yaptığım gibi, çünkü saçma gelmesinden korkarsınız, zordur "ben seni deliler gibi seviyorum ama hem güveniyorum hem de güvenemiyorum işte, kolay değil o kaleyi tekrar kurmak" demek, hatta kimsenin işine gelmez. Diğer bir yandan sevdiğim adamı düşünüyorum, biliyor, o da yaşamış belki geçmiş aynı yollardan benim gibi ve benim korkularımı harfi harfine biliyor, anlıyor yani ben şanslıyım biraz... Ama bana bile saçma ve yersiz gelen bir şeyi ona nasıl anlatırım ki!

İki bilinmezli çözümsüz denklemler gibi şu aşk, her cevapta başka bir soru taşıyor size, buyurun buradan yakın yani! Umarım bir şekilde o kaleyi yeniden yapabilirim, aslında çok başında değilim, bayağı yol aldım, ama bazen şöyle bir aşağıya bakıp ne kadar yüksek olduğunu ve düşersem ne kadar canımın yanacağını gördüğüm zaman işte böyle yazılarıma sarılıyorum... Seviyorum, seviliyorum, tek sen kalıyorsun geriye sevgili "güven" varlığın da dert, yokluğun da!

Korkuyorum yanında senden uzak bir yürekle yaşamaktan.

Beni Bırakma...

Gideceğimi biliyorum, ya yarın sabah, ya adını bilmek istemediğim bir gün. Ama o kadar yakın ki, takvimin yaprakları sanki ruhumdan sökülüp alınıyor bir bir. Sen öyle üzgün gözlerle bakıyorsun ki bana. Biliyorsun, her "gitmeyeceğim" diye söz verişimde, valizime bir hatıra daha eklediğimi biliyorsun. Biliyorsun içimdeki savaşı...

İçerde uyuyorsun şimdi. Uykulara kaçıyorsun gidişime yakalanmamak için belki de. Ve benim içim paramparça. Parçalarımı yıllardan, yüreğinden söküp alamadığım için gecenin yarılarına sıkışıp kalıyorum.

Sabah... Sabah olmuyor benim şehrimde. Ben de senin gibi uykulara saklanıyorum. Bir tarafım gitmek istemiyor, bir tarafım çoktan karşı kıyıya geçmiş sanki. Bana el sallıyor.

İçim parça parça... Sevgin öyle büyük ki hâlâ, sığmıyor, taşıyor yüreğimin elimi attığım her köşesinden. Gözlerine hapistim hani ben? Ne zaman salıverdin beni dışarı?

Bir hatanın bedeli bu olamaz diyor senin sesin içimde yankı yankı. Kâbuslarımı bilmiyor senin sesin. Duyulmuyor onların içinde kaybolurken yüreğimde...

O gözlerindeki üzgün, umutsuz, inanmak için her şeyini vermeye razı çocuk bırakmıyor ellerimi. Bıraksın istemiyorum ki. Bilmiyorum, ne zaman, hangi tarihte kopup gittim ben senden bu kadar. Ve kaç kişinin canı yanar bu kadar kendi binip giderken ayrılık teknesine?

Kal de...

Her sabah uyandığımızda ve her gece yatarken bana gitme de. Gidemem o zaman. Unuturum "ayrılık", "ayrılıp gitmek" ne demek. Yüklenmek istemiyorum sensizliği omuzlarıma. Ve bir o kadar da korkuyorum yanında senden uzak bir yürekle yaşamaktan.

Ne olur kal de... Kurtar beni bu azaptan...

Her yıldız kaydığında gökyüzünde sen bir dilek tut derken bana, ben yıldız gibi kayıyorum ellerinden.

Yeter ki geceyi yıldızsız bırak, beni hiç bırakma...

Cam Göbeği...

Oysa basit bir gün batımıydı seninle bakmaya çalıştığımız. Çiçeklerimi bile yerlerinden oynattım daha iyi görelim diye etrafı. Camgöbeği pis pis baktı sana hatta. Ve çaktırmadan ufacık domateslerimden birini attın ağzına, görmedim sanma, patavatsızlığına verdim. İki koca insan bir pencereye sığışıp da elimizde kadehlerimiz, sırtımızda yüklerimiz ve yüklemediğimiz halde bize yapışanlar.

Bir gün batımını izleyemedik. Rakı ısındı, buzlar eridi. Ten tene değdi ama istemedik terli sevişmelerin içinde kaybolmayı. Biz, sen ve ben o kadar yalnız iki serseriydik ki şu dünyada. Başına buyruk ve her dik başlılığında, her ona acılı, başkasına renkli macerasında peşine takılan fareciklerle birer masal kahramanı. Sen anlat onlar dinlesin, ama gece oldu mu sarılacak yastık ara koskoca yatakta.

İşte tüm bunlardan ve biraz da çakır keyif olduğumuzdan herhalde bir pencereden iki yalnız tek bir gün batımı izlemeye kalkıştık, ama onu bile beceremedik. Sen şimdi aşağıdan bana bakıyor ve seni hangi ara ittiğimi anlamaya çalışıyorsun. Oysa ben itmedim seni, sen kendin duramadın yanımda.

O kadar çok huzursuzlandın ki, saksılarım sıkıldı senden. Onu kenara ittin, bunu dürttün, en sorgulanmayacak örtülerimin altına bakmaya çalıştın. Nevrim döndü mü, döndü. En az üç beş tur attı hatta şu kısacık cam kenarında. Arkamızda onca el emeği göz nuru, bulaşık yığını ve sırt ağrısıyla bunca yıl. Buzdolabı dolusu hazırladığım ve belki de artık beklemekten tadı tuzu kalmamış onca meze dolu bir masa. Hepsi boş!

Şimdi
Sen bahçede boylu boyunca yatıp bana bakıyorsun
Ve biliyorsun bir daha buraya tırmanamayacağını
Güneşin battığını
Ve artık bende bir yara bandı kadar bile değerinin olmayacağını!

Çoktum ben senin için, çok güçlü, çok cesur, çok deli...
Ve yoktum bir o kadar da olmak istediğim yerde.

Bekleme

Saat geç oldu biliyor musun, artık çok geç yelkovanın akrebi kovalaması için...

Ben kitapları kaldırdım rafa. Filmleri seyrettim, ağladım biraz, biraz güldüm. Çok güzel yemekler pişirdim, evi temizledim bir de mis gibi sabun koktu dört bir yan. Uyudum, uyandım. Bir sigara yaktım yarısını kahvenin içine attım pislik yapıp... Hiçbirinde yoktun sen.

Ve bekledim, beklemiyormuş gibi yapıp kendi cancağımıza yalan üstüne yalan atıp... Ne gerekiyorsa hayatla ilgili yapmam gereken hepsini yaptım uslu uslu. Seni dinledim, fareli köyün kavalcısı gibi hayatı peşinden sürüklerken bir o kadar sana hayran bir o kadar çimdikleyerek kendimi kapılmamak için büyüne, seni dinledim. Bir gün dedim, bir gün görecek. Bir gün aynı kitabı okuyacağız birlikte, aynı filme kıç kadar bir battaniyenin altında üstümüze mısırlar dökerek güleceğiz ya da çaktırmadan akan gözyaşımızı sileceğiz birbirimizin.

Boynumun kokusunu bir yerlerde hatırlaması gereken bu adam, bir gün tekrar orada nefes almak isteyecek. Bir gün günüm gözümü açtığımda yanımda olduğu için daha bir aydın olacak... Bir gün dedim hep, ikimizin de dudak tadını bilecek tek bir kadeh. Tek bir rakı kadehinden kokacak ağzımız.

Ve çok güzel olurduk biz biliyor musun? Tamamlandığını hissetmek için sadece gözlerini kapaman yeterdi benimle. Ve kahramanım olurdun her dönemediğim dönemecinde hayatın...

Oysa sen aşık oldun bu arada, sevdin, ayrıldın, dibi gördün ve çıktın, her seferinde ben orada bir yerde elimi uzattım, ordaydım ya işte. Uzattığın an elini, hiç çok çalmadı telefonların, beklemedin beni, bekletmedim sen beni adını bir türlü koyamadığım bir sızı durağında bekletirken ve hiç gelmezken. Çoktum ben senin için, çok güçlü, çok cesur, çok deli... Ve yoktum bir o kadar da olmak istediğim yerde. Bir gün dedim, o bir gün bugün olsun diye de çabaladım, kadın oldum, dost oldum, anne oldum senin için! Çocukluğumu verdim, sen üstüne kırık dökük şakalar yapasın diye değil ama! Sonra anladım. Hem de Taksim'in en gürültülü ve en yağmurlu pis bir İstanbul gecesinde anladım aslında hiç gelmeyeceğini... Benim o durakta bir başıma olduğumu ve olacağımı. Kitaplar okuyacağımı, rakılar devireceğimi ama hiçbirinin senin fikrine düşmeyeceğini ve aynı şişenin dibinde bitip aynı mum ışığında hiç erimeyeceğimizi.

Hiç gelemediği bir yere nasıl veda eder ki insan o zaman? Çünkü bu bir veda yazısı sana. Sen, beni alamadığın kalbinle huzurlu uykular uyu yine, başka tenlerde kaybet nefeslerini, sonra bol öksürüklü ve yalnız sabahlarda bul kendini. Ben kitabımı aldım, kalbimi aldım, "bir gün"ümü aldım gidiyorum. Sen artık beni bekleme!

Korkuların esiri olmak böyle bir şey olsa gerek.
Ve açlığın peşinde kana susamış,
kana doymayı artık bilmeyen bir yaratık misali gitmek.

Mesafe

Komik hayat, komik.
Gelmelerle gitmeler arasında mesafeler komik.

İnsanların ömürleri yollarda tükenirken bu kadar kısa mı bir kalbin içine girip çıkma süresi? Kimse tutunmak istemez olmuş artık, ya kalırsa, ya alışırsam korkusundan. "Ya giderse, ya yalansa"? "Ya" kadar raf raf dizili ömrümüzün karamsarlık dolabı. Korkuların esiri olmak böyle bir şey olsa gerek. Ve açlığın peşinde kana susamış, kana doymayı artık bilmeyen bir yaratık misali gitmek.

Bir ten, bir ten daha.
Bir gece daha başka bir bedende.

Bir kırık kenarı daha, aşka susamış bir kadının. Hangi sergide sergiliyorsunuz acaba eserlerinizi, merak ediyorum. Ya da hangi erkek dergisi madalya veriyor yüzüncü tenin terini üzerinde taşıyan adama? Kalp kırıkları, çarşafların bile koku taşıyamadığı yataklara çıkamıyor değil mi artık? Siz sadece bir süre alıyorsunuz çünkü kalpleri oraya. Sonra ya orada, ya tuvaletin kenarına düşmüş ve gözünüzden kaçmış saç tokasında, ya da daha da kötüsü, ruhunuz "ben gidiyorum" derken sarıldığınız koltuklarda ezip geçiyorsunuz kalbin üzerinden. İçerde uykulara sığınıp bol gürültülü uyurken halınıza bir damla gözyaşı düşürdüğünüzü biliyorsunuz. Bal gibi biliyorsunuz... Ve ben de biliyorum ki, sizin de kâbuslarınız var. Sizin de gözünüzden yaş düşebiliyor. Siz de terk edilebiliyorsunuz.

Ertesi sabah yüzünüze o maskenizi takana kadar sizin de artık yerini bilemediğim bir yerlerdeki kalbinize çizik atabiliyor hâlâ bazı kadınlar.

Benim seni, aklına her geldiğimde bırak çiziği
Kanatacağım gibi...

Sinek ısırığından öteye geçmeyen aşkın,
bir sineğin ömrü kadar bile sürmeyi beceremedi...

Sinek...

Önce elimle kovdum. Gitti sandım, yine geldi. Bu kez gazeteyi savurdum. Bitirdim işini dedim, yanıldım. Bir an için başka tarafa bakmam yetti, ısırdı elimi. Önce tatlı tatlı kaşındı. Hafif kabardı ama güzel geldi gözüme o pembelik. Gülümsedim. Zannettim ki her ısırık tatsız değildir. Oysa şimdi canım yanıyor. Ve her kabuk bağladığında yaram, ya hayat, ya kendi ellerimle ben bir tırnak atıp da üzerine daha çok kanatıyoruz iyileşmekte olan yarayı.

Olmayacak böyle dedim. Bir şişe kolonyayı boca ettim üzerine biraz önce. Bir sinek ısırığından öteye gitmeyen aşkın boca ettiğim kolonyayla daha çok sızladı belki. Daha çok canım yandı, ama son buldu. Ne pembeliğin kaldı geriye, ne izinin hatırası. Sinek ısırığından öteye geçmeyen aşkın, bir sineğin ömrü kadar bile sürmeyi beceremedi...

Kadınların büyük tutkusu
aşkı ilham etmektir.
İnsanı aşkın güzellikleri yaşatır.

- MOLIERE

Benim Hiç Dedem Olmadı

Sen gittiğin zaman saklandığım köşeden hep bunu sayıkladım. Dokuz yaşındaki bir çocuğun diline acı bir tekerleme doladın.

Hâlâ anlamıyorum, iç cebine benim için sakladığın o küçük çikolatalar nasıl olur da erimezdi kalbinin sıcaklığından. Yüzüm düştüğünde senin deyiminle ya da muzurluğum ortaya çıkıp da kaçacak delik aradığımda elime tutuşturduğun, dilimin altında eriyen sevgindi onlar hep benim için. Bir anda yaprakları açılacak nadide bir çiçek gibi, ceketinin altında büyüdüm ya ben, güçlü ve bir o kadar sabırlı...

Toprağı öğrettin bana evdekiler çığlık çığlığa beni banyoya sokarken. Hâlâ bahçemizin toprakları, çiçek tohumları dökülürdü ceplerimden. Sen sedirinden bana kurnazca gülümserdin, "Gerektiğinde su gibi geçmeli içinden hayat" derdin. Benim hiç dedem olmadı, çünkü babamdı benim dedem, annem kimi zaman okula başladığımda defterimin arasına harçlık sıkıştıran, ananemden gizli bana tekme atmayı öğreten.

Benim hiç dedem olmadı. Elini uslu uslu öp dedikleri dedemi yavru kedinin annesine oyun yaptığı gibi koşar öper, yanaklarını sıkar, kollarını ısırırdım ben. Ve hiç gitmedi dilimden boynunda her gün sürdüğün o kolonyanın acı tadı.

Küçük kutu çikolatalar taşıyorum şimdi cebimde dilimin altında bir parça mutluluk eritebilmek için. Kapatıp gözlerimi seninle horozları kovalıyorum bahçede. Ananemden gizli denize kaçıyorum. Arka tekerleklerini atıp erkek gibi iki tekerlekli bisiklete biniyorum. Arkama baktığımda sen hep oradasın.

İşte bu yüzden
Benim dedem hiç ölmedi...

Biz farklı tren raylarından gelip farklı yollara gidecek,
Ne Fark Eder Garı'nda karşılaşmış sade iki yabancıydık seninle.

Adı Ne Fark Eder Garı

Sade iki yabancıydık biz aslında seninle farklı tren raylarına düşlerini düşürerek gelmiş. Bazen rüzgâra elini uzatmış yakalamaya çalışmış, belki tutmuş belki bırakmış.

İkimiz de bir yerde yüzümüzü güneşe dönmüştük kesin ve dalgınlığın acısıyla çatırdamıştı kavrulan kalbimiz. Senin de bavulunun kenarından sarkan bir pişmanlığın vardı. Tek fark, hatırlamamak için bakmamandı asla o göze.

Biz farklı tren raylarından gelip farklı yollara gidecek, Ne Fark Eder Garı'nda karşılaşmış sade iki yabancıydık seninle. Hiç sustuk mu bilmiyorum, ama o günden sonra "konuşmak" yetim bir çocuk kalacaktı içimizde. Ve başkalarına kurduğumuz her "Anla beni ne olur" içerikli cümle, dudaklarımızdan Türkçe çıkarken karşımızdakinin kulaklarına yabancı dillerde düşecekti, alt yazı seçeneksiz.

Hiç sevişmedik belki de seninle, çünkü sevişmek tenin tene geçmesiydi. Tek vücut olmaktı ya hani kalpler yatağın iki ayrı ucunda yatarken bile.

Oysa biz beyinlerimizin içine düştük birlikte önce yeni doğmuş bir bebek gibi ürkek ve ilk yudumun tadını aldıktan sonraki hali gibi aç. Sadece bir kez dokundun elime, gerçek miyim diye.

Adı, Ne Fark Eder Garı'nın tadı bozuk çaylarından yudumladık. Bir iki lokma attık ağzımıza karşılıklı. Geçmedi boğazımızdan, başkasının zamanlarından çaldık çünkü. Sonra ucuna diş izlerimizi bıraktığımız iki tost iki çayı ödedik. Ödeyemeyeceğimiz hesapları bavulumuzun kalan diğer şişkince gözlerine sokuşturup göz göze gelmeden, arkamızı dönüp gittik.

Sen bir yüreğin, ben bir acının içine hapis düştük.
Şimdi ayrı filmlerde başrol oynama çabasında...

Erler Film Sunar

Resimler...

Atılmamış saklanmış sigara paketleri... Bira kapakları, sinema biletleri, dudak izi kokusu uçup gitmiş peçeteler, yazıları silinmiş şarkı sözleri üzerlerinde... Birileri birilerini çok sevmiş o zaman, kâğıttan kuşlar yapmış. Peçetelere kalpler çizilmiş. Hepsi silik oysa şimdi. Kâğıttan kuşlar hiç uçamadıkları için olsa gerek yamuk yumuk yaratıklara dönüşmüş kutunun içinde. Ve biliyor musun? Hepsi topu topu güzel kokulu bir çöp torbası kadar, kenarından köşesinden taşsa da.

Gece yarısı gözyaşlarımı tutmaya yetişebilen dostlarım var hâlâ. Rakılı rokalı sofralarda hâlâ seni seven bir kadının hikâyesini dinliyorlar kadeh kadeh, fersah fersah! Peki, neden hâlâ sen?

Neden gittiğini bile bile sen?

Hiç bu kadar uzun sürmemişti yaz. Bitse de kış gelse artık. Hiç olmazsa yağmura saklanabilsem ağlarken ansızın. Çünkü güneş içime açmıyor sen yokken. Sen hâlâ şehrimdeyken yaz akşamları anlamsız benim için. Gecenin bir yarısı kafamıza esip de bisiklete binemedikten sonra, güneşle beraber uykuya teninde dalmadıktan sonra, ha İstanbul ha Ankara... Hepsi denizsiz benim için artık, seninle üzerinde taş kaydırmadıktan sonra.

Seni çok özlüyorum, yalan yok!

Hangi zaman, hangi özne silebilir ki seni bendeki cümlelerinden? Bak atıyorum. Durmaksızın içip gizli gizli atıyorum sana ait kalan her şeyi. Ama bitmiyor. Evdeki çöp torba stokumun dibine darı ekti yaşanmışlıklarımız ve sakladıklarımız incik cıncık. Hangi inatçı kâğıttan basılmışsa o resimler bir türlü yırtılmıyor. Ellerim kanıyor, cümleler, edilmiş ama unutulmuş yeminler diken misali batıyor yüreğime.

Senin hiç yüreğin kanadı mı?

Bilir misin yara bantları, gazlı bezler tutmaz o yarayı. Kimse de göremez sen saklamasını bildikten sonra. "Bak gülüyor," derler, "Bak koluna takmış adamı, yeni sevgilisi bile var," derler. Sen bilmezsin, o ten, sana bir daha dokunma ihtimallerini yıkmak için başka bir tene değmekte oysa... Bilmezsin! Sırf benden nefret et diye yapabileceğim hiç aklına gelmedi mi? Biz sadece Türk filmlerinde bildik böyle aşkları ne de olsa. Ben de öyle sanırdım güzel adam...

Ta ki seni tanıyıncaya kadar...

Şimdi biliyorum. "Erler Film" yazmadı ama bizim aşkımızın sonunda. Yanak yanağa gülümseyemedik sarılıp da. Ne alkış koptu sette, ne de bir kutlama.

Sen bir yüreğin, ben bir acının içine hapis düştük. Şimdi ayrı filmlerde başrol oynama çabasında...

Yeni bir şehir keşfediyorum, aslında içinde yaşadığım yıllardır.
Aynı ben gibi, bir o kadar tanıdık kendine,
bir o kadar yabancı ben bana.

Görmedin, Bilmedin, Söyledim Çok Ama Dinlemedin...

Yeni aldığım kazağımı görmedin. Biraz kilo aldım ama hâlâ çekebiliyorum karnımı içeri. Yani ümit var! Hem saçlarım artık siyah biliyor musun? Kahverengi olsun istemiştim aslında ama işte bilirsin, her türlü tuhaflık beni bulur. Ben de kendimi simsiyah buldum havluyu attığım an kafamdan. Ama sevdim... Sigarayı da azalttım, eskisi gibi paketleri yemiyorum. Alkol desen keyfi oldu artık, sünger lakabımı da geçmişe bıraktım.

Yeni bir şehir keşfediyorum, aslında içinde yaşadığım yıllardır. Aynı ben gibi, bir o kadar tanıdık kendine, bir o kadar yabancı ben bana. Yeni yüzler ya da eskiden doyamadıklarımı daha bir aldım hayatıma.

Bir bebeğe sarılıyorum canım ne zaman yansa. Onun saflığıyla gülüyorum, gözlerim doluyor ya da oyuncaklarının arasına çaktırmadan vazgeçtiğim bir umudu bırakıp kaçıyorum. Onunla uyandığım sabahlar daha bir ümitli ve bir o kadar seni hatırlatan nedense, gülüşünden midir, yitik hayalinden mi bilinmez...

Ve sen hiç gelmedin evime. Camdan baktığında alabildiğine uzanan ağaçlar tam da senin rakı sofrana meze olurdu oysa.

Huysuzluk bahanen, arabaya park bulamayacağın kalabalık sokak. Biraz önce bahar koktu gece yağmurla karışık. Ay, ıslandım, ay, üşüdüm, ama nasıl olsa ısınır bu ten. Sevgilinin koynu rahatlığındaki geceleri hatırlattı bana ve ne kadar var olmadığını hayatımda artık.

Saçımın siyah akan boyası gibi, alttan eski renkler çıktıkça kendime dahi çaktırmadan belki de, yeni bir renk sürüyorum ruhuma, bir ton koyusuyla. Biraz acı, biraz ayrılık, biraz yokluk karıştı mı; simsiyah akıyor gecenin sabaha varmak üzere olan bu saatlerinde gözlerimden gizli yaşlar. Bir sakız atıyorum ağzıma tadı kaçsın diye tütünlü geçmişin.

Yağmur artıyor birden. Bu aralar sağ olsun yağmur hiç kıyamıyor gözyaşıma.

Ve sen bilmiyorsun
Şehrin bu yakasında
Bugüne koymadan ve yeminle bir daha asla
Yarınından sakınarak
Bir kalp hâlâ
Zaman zaman seni düşünüyor...

Kılıç

Onun elinde keskin kılıcı, benim elimde ise bir odun parçası var. Ben onu en fazla yaralayabilirim, o beni öldürebilir... O kılıcını kalbime doğru savururken gözleri görmüyor elindekinin gücünü... Kanlar akıyor kalbimden her darbede. Kanlar bulaşıyor ellerine. Güneş geçiyor, Ay geçiyor üzerimizden. Yakamoz oluyor an geliyor. Duruyor... Gözleri parıldıyor, gözlerine ışık vuruyor. Düşüyor elimizden silahlarımız, buruk gülümsüyoruz. O hâlâ kör, ben zor ayakta duruyorum kalbimi tutarak.

Bilmiyor...
Bilmiyor sevdiğim adam
Yüreğimi öldürürse
Kende de ölecek
Bilmiyor...

Değişiklikle karşılaşınca
değişen aşk, aşk değildir...
Aşk gözle değil ruhla görülür.

- *William* SHAKESPEARE

Kuş

Adını bilmediğim bir ağacın dalındayım,
Belki bir kuşum
Kanat çırpışları sessiz kalan.
Karanlığım,
Seni senden gizleyen...
İçindeki ışığım,
Güneş zannedip gözlerini kıstığın...
Ben de bilmiyorum ne olduğumu,
Geceler çoğaldıkça ne olacağımı...
Sevgi diyor böcekler buna.
Oysa öyle küçükler ki gözümde
Aşağılamak istiyorum onları
Kızgınım
Böcek kadar yüreğinde,
Ay kadar bir sevgi taşıyamıyorum,
Affet beni,
Yapamıyorum işte...

Aşk,
coşku ve tutku olduktan sonra
insan hiç sarsılmaz,
bunlar olmayınca
yaşam neye yarar.

- STENDHAL

Üçü bir arada ve fazlasıyla şekerli kahveler gibiyim, sığamıyorum fincanıma.

Yeni Bir Hikâye

Ne kadar yakında olmam gerek daha fazla düşmek için yeşiline? Ve kaç ömürlük olur dersin bu düşüş? Tek cevapta kalabilir mi ellerimiz sımsıkı, sorular çok olsa bile. Üşüsem, sen de üşüsen, sırf üşümek için birlikte kalır mısın benimle? Gel der misin bana, henüz kıyısında dolaştığım hayatına? Aynı sokakta kesişir mi gülüşlerimiz, acılarımız ve başkalarına veremeyip naftalinlediklerimiz? Ucundan gösterdiğin o deniz var ya, aklımda kaldı. Başardın belirsizliklerin arasından izini bırakmayı, hafifçe bir yerleri sıyırıp geçmeyi.

Şimdi, zaman hem dostum hem düşmanım. Hem neşeliyim hem hüzünlü, biraz tatlı, biraz tuzlu. Üçü bir arada ve fazlasıyla şekerli kahveler gibiyim, sığamıyorum fincanıma. Ve dudağına değdiğim an hep şekerli tadım, bir yudum bir yudum daha istecek cinsten. Burçlarımız uyuyor mu, gökyüzünde aynı yıldızı tutabildik mi diye hayal edemeyecek kadar büyüdüm artık ve bir o kadar naifim elin elimi tutarsa. Yüzü kızaran kaç kadın tanıdın söylesene gülüşüne? Bilebilecek misin peki değerini ruhumun sıcaklığının?

Çünkü bilemeyenlerin içinden geliyorum ben... Ve genelde hepimizin hikâyesi aynı, fragmanlar yanıltmıyor artık beni anlayacağın. Herkesin olmak istediği bir düş var, kendini sevmekten bir haber. Herkes yaralı, herkes kitaplar dolusu yazabilecek kadar şair ve aşık... Kim peki bu kadar kalpsiz olan, şerefin kıyısından geçemeyen, bilinmez. Sorsan, hep bir başkası hikâyenin katili!

Oysa ben bir tek kendi yolumu aydınlatıyorum artık. Bir ömre bir yürek sığdırmak isterken kırdığı kalplerin sayısını kendi unutmuşların şehrinden çıktım yola kapımı örtüp hiç acımadan. Ve bavulum küçük, kalbim biraz yorgun ama umutlu. İki açık çay, sabah simidinden bir ısırık, bir deniz kıyısına bakar nefes alması. Arkamda bıraktığım ucu yanık aşkların mezarlarını unutalı çok oldu. Ve eminim ki, mutluluğum için göğe yükselen çok dost duası var arkamda. Azım çok uzaktan bakarsan, çokum yüreğime yakın düşersen aslında... Mis gibi, tertemizim, yani tekrar elimi uzatıyorum ilk çığlığımla hayata. İlk tutan sen olur musun?

Siz yıldızların size kıyak geçtiği bir gecede onu düşünürken, onun taşıyamadığı soru işareti parkta bir başına kaybolmuştur.

Kaybolmuş Soru İşareti

Soru işareti takıldı ayağıma, kimsesizdi, bir yerden gözüm ısırdı, tanımak istemedim, tanırsam, seni hatırlarım, canım yanardı, bilirim...

Kimse sormaz zaten ben gidebilir miyim diye. Ya bir kapının kapanan sesidir en son anı diye yazılan, fırlatılan acı cümleler öfke kalkanlarından hunharca çıkan, ya da tam tersi sessizlik kaplar etrafı... Cesareti yoktur gidenin "ben gittim" demeye. Susar, saklanır. İletişim ötesi telefonlar çalmaz. Çaldırsanız açılmaz, açılsa, uzaktan gelir ses, yürekten değil artık. Duyulmaz "ne olur dön, bir daha düşün" çığlıkları. Çünkü çok yol almıştır kendince giden. Oysa kapı önünde oturmaktadır henüz, ben ne yaptım diyerek. Eğer gerçekse tek bir dokunuşu bile, gece uyanıp bir kez bile baktıysa size; bir kez durup dururken en mutfaksal, en yeni uyanmış huysuz halinize sarıldıysa, en yorgun ve karmaşık saçlı haliniz onun için en güzel kadınıysa dünyanın... Bir an düşünür, bir an daha, ben ne yaptım diye.

Ve kendine bile itirafsızdır bu soru!

Hayat devam etmektedir, vur patlasın çal oynasından zarar gelmemektedir ne de olsa ona. Aşk diye bir şey yoktur ya da olmamalıdır, bünyeye zarardır hem bunca alışmışlığın üzerine.

Yüreğinin almamak için inat ettiği köşesinden kayar soru işareti, ayağına takılır, birkaç adım sonra düşer, sokakta kaybolur.

Siz yıldızların size kıyak geçtiği bir gecede onu düşünürken, onun taşıyamadığı soru işareti parkta bir başına kaybolmuştur.

Ve gecenin bu saatinde yazılan hiçbir şiir, artık ne soru işaretlerine cevap olacak, ne durmayı bilemeyene okunacaktır yüreğinizde...

Özlem kelimesini alıp senin yokluğunda her türlü fiille çekebilirim, çünkü kalbim öyle diyor.

Limon Kokulu Poşet

Seni özlüyorum, evet. Hadi, yalanları, sigaralı, üşenilmiş ve dışarıdan söylenmiş sigara paketli, bozulmuş ve benim ruh halim kadar yamuk yumuk yemek artıklı çöpün içine atalım. Sadece beş dakikalığına. Sadece bu yazı son bir yüklemle buluşup bendeki ağırlığının yerine bir tüy bırakana dek gözlerime.

Özledim. Özlüyorum. Özleyeceğim. Özlem kelimesini alıp senin yokluğunda her türlü fiille çekebilirim, çünkü kalbim öyle diyor. Çünkü yastıklarımla yatağın başucunda başlayan savaşlarım, onlar yerde benim gözlerim tavanda son buluyor yine. Çünkü beynimin sesini her türlü düğmesinden kıssam da, böyle hain hain aniden yükselen alarm sesi gibi senin adını haykırıyor gecenin hadi sabah olayım artık dediği saatlerinde. Evde kahve tüketimi tam gaz. Sponsor alsam daha mantıklı senden uzakta kaldığım, kalacağım ve bunda inatlı olduğum günlerde. Al sana çekilebilecek ama inan hiç çekimsiz bir öbek daha. Çok eski filmlerden şarkılar fırlıyor önüme sanki çok lazımlarmış, sanki yeterince geçmişe dair kıvranan solucan yokmuş gibi içimde.

Ve hâlâ iyileşemedim. Seninle üşüttüm kafayı ve bedeni, kafa biraz daha iyice ama bedenime senin yüzünden giren grip mikrobu bile gitmiyor, antibiyotik direnci benim sensizliğe direncimin yanında tüm kimya ve ilaç sektörüne bin basar! Kendimi dışarı atıyorum, eğleniyorum, gülüyorum. Sonra bir an, sadece benim bildiğim ve görebildiğim bir an, geçmişimiz geçiyor yanımdan. Onlar daha çok toy, onlar daha çok aşık. El ele, o zamanlar ne kadar pis olduğunu bilmediğimiz bir semtin dar sokaklarına doğru neşeyle adım atıyorlar, kızın elinde bir demet fulyayla. Düşün, ne kadar saflar...

İçimin cızırtıları, dönercilerin, ıslak hamburgercilerin ızgaralarında eriyip kayboluyor. Bir derin nefes, hadi bir tane daha. Geçecek. Fiiller başka cümlelere yerleşmeye karar verecek elbet bir gün. Özlem kelimesi kentsel öpüşümden bir halt çıkmayacağını anlayınca kendine, başka bir ülkeye göç edecek mesela bavuluna seni de tıkıp.

Ve ben uyuyabileceğim. Kahve tüketmeyeceğim kupa kupa. Aynı şarkıyı sana sırf içimi dökeyim de bir damla rahat uyku görsün beynim diye tekrar tekrar dinleyerek ne bilgisayarımı ne "youtüpü" yakacağım.

Çöpten sızan su gibi sızacak gideceksin içimden. Seninle ilgili tüm yalanlar, tüm özlemler, kızgınlıklar ve beklenemeyenler için sadece limon kokulu bir poşet daha açacağım, o kadar!

Kim Peki Bu Eda Aksan?

Garip tabii insanın kendini yazıya dökmesi...

İnatçı olduğu, bütün bir gece sancı çektirip Anneler Günü'nde dünyaya gelme başarıyla daha girişten belli olan Eda, baharla geldi. Neşeli, bol topraklı, çamurdan köfteli, saklambaçlı, akşam babadan gizlenen mor dizli, ananeli, Şirin'lerli mutlu bir çocukluk geçirdi. Lisede çok sevdi başka bir dil öğrenmeyi, konuşmayı ve hatta bulduğu her turisti bezdirmeyi...

Tiyatroya âşık oldu ilk, bir damla da olsa sahne tozu yuttu; önce işini eline al dedi büyükleri. Hayalini bir kenara koydu ama o gün bugün sahneye fırlarım korkusuyla gidemedi tiyatroya. Ve öğrendi ki kenara konulunca bazı hayaller, kullanma süreleri geçebiliyormuş. Dimdik durmalıyım hayata karşı dedi, yaşıtları üniversite çimenlerinde yayılırken o iki senede işi bitirip çok matahmış gibi attı kendini iş hayatının dişlisine!

İyi de oldu ama ezildi, kırıldı, diklendi tepesine yedi odunu, büyüdü! İnsan tanıdı, iş öğrendi, en çok kendini anladı! Babayla çatıştı zaman zaman; her babasına âşık ama huysuz kız çocuğu gibi! Ve bir gün bir şekilde çocuk kitaplarıyla geri döndü o başka dilin büyülü dünyasına. Çevirdikçe çevirdi, çocuk hikâyeleri roman oldu, kitap oldu, film oldu; yumurta kapıya dayandı zaman zaman; Allah'tan kalemi güçlü çıktı, yazarı olamasa da, çevirmeni oldu sayısız kitabın...

Çok sevdi; öyle öğretildi çünkü daha küçükken ona... İnsanı sevdi, böceği sevdi, alerjisi olduğunu bile bile arıları kurtardı havuzlardan, kedi kurtarmak için kamyon tekerinden, en güzel kıyafetleriyle yerlerde süründü, eve pasta kutusunda yavru köpek soktu... Âşık oldu, aşka inandı, dosta tutundu, kazık yedi; ama kazık atmadı!

Yazdı; gecenin bir vakti uykusundan kalkıp anneye inat duvara, çikolata kâğıdına, bilgisayara, neye nerde gelirse yüreğinden akmak isteyen cümleler yazdı...

Ve şimdi, on beş yıldan fazla çevirmenlik kariyerine bir cesaret kendini de katmak istedi. İki tane polisiye romanı var, bitirecek elbet, bu daha başlangıç kısacası!

Bir de büyüyünce yazar olacak kendisi!